AE
&I

La amante en guerra

Autores Españoles e Iberoamericanos

Maruja Torres

La amante en guerra

Planeta

Diagonal, 662-664, 08034 Barcelona (España)

Primera edición: febrero de 2007

Depósito Legal: M. 5.288-2007

ISBN 978-84-08-07116-7

Composición: Víctor Igual, S. L.

Impresión y encuadernación: Mateu Cromo Artes Gráficas, S. A.

Printed in Spain - Impreso en España

Para los periodistas que en 2006
descubrieron el Líbano. Para que no lo pierdan

Y para Javier Moreno: gracias por el oxígeno

Por eso ahora estoy en el lugar de siempre, en la misma ciudad y con la misma gente.

PEDRO VARGAS,

Se me olvidó otra vez

PALABRAS PREVIAS

Este libro no es una recopilación de las crónicas sobre el Líbano que escribí para *El País* desde Beirut durante el mes de julio de 2006 y, ya desde Barcelona, a principios de agosto. Aquéllas eran notas puntuales de la guerra vivida a ras de suelo y como tales deben permanecer. Tampoco pretendo analizar las políticas y batallas del enlodado conflicto que se libra en Oriente Medio desde principios del siglo pasado, en el que el Líbano tiene a menudo amargo protagonismo. Existen memorables trabajos escritos por los mejores especialistas, y quienes se interesen en el tema disponen de múltiples medios para encontrarlos.

Otra cosa es mi relación con la ciudad de Beirut. Otra cosa es mi última reconciliación con este antiguo gran amor, que se produjo cuando la supe de nuevo en peligro. Yo había roto con ella dos años atrás, irritada y harta ante la evidencia de que el Líbano removía sus fantasmas políticos y de que en mi

Beirut renacían los abrumadores delirios de grandeza que tanto contribuyeron a su desorientada decadencia. En aquel septiembre de 2004, fecha de mi único rechazo a Beirut, la ciudad entonaba los estribillos del ayer: Montecarlo de Oriente, París del Levante, Suiza mediterránea. Cada vez más en falso pero en voz más alta, ofrecía el aspecto de una mula enjaezada, de nuevo convertida en una meretriz complaciente bajo las escamas del maquillaje. Ella, la yegua purasangre, la más tierna y cruel de las amantes, la madre más incestuosa y compleja, ansiaba salir a subasta para que los patronos del Golfo le dieran propinas después de haberle pellizcado el culo. Paralelamente, el aspecto político: esa mezcla de inocencia y perversidad que caracteriza a los libaneses y que, cuando cuaja en acciones, deviene en un comportamiento violentamente autodestructivo. Las insidiosas propuestas, los falsos sueños. El Líbano estaría muy bien si... Los corruptos son otros, los malos son otros, los responsables son otros. Ahora les tocaba a los sirios, país ocupante y sin duda país que debía dejar de tratar a su vecino como a un vasallo. Pero ¿acaso parte de los patrocinados, incluso quienes ahora renegaban de ello, no se habían entregado con entusiasmo a los beneficios de la colaboración y las prebendas? El Líbano no tiene las manos limpias. Nunca las ha tenido. Remover los fantasmas resulta peligroso cuando no existe la voluntad de llamarlos por su nombre, plantarles cara y derrotarlos para siempre. Éste es el país de las medias mentiras, las medias verdades, las medias mitades y las medias muertes. No sólo porque cada comunidad contabiliza su cuota de desaparecidos y asesinados a manos de otros, sino porque los apellidos de quienes ordenaron las matanzas todavía siguen vigentes y en puestos de poder; no sólo los apellidos, las personas mismas, en la mayoría de los casos. Hay un Quién es Quién que cada libanés tiene grabado en su sangre, y sus componentes —las ideas, los intereses que representan— nunca mueren. No importa lo mucho que hayan matado, ni con quiénes se hayan aliado. Por todo ello me dio tanto miedo aquel septiembre de 2004 presenciar el retorno de las aguas turbias.

En los días de mi desavenencia con Beirut le comenté a mi amigo Tomás Alcoverro: «Van a acabar mal. Están jugando con fuego.» El veterano periodista de *La Vanguardia* y decano de los corresponsales extranjeros en Oriente Medio, que vive en Beirut desde hace treinta años, se mostró de acuerdo. Con todo, brindamos para que no se cumplieran nuestros presagios.

Pasados cinco meses se produjo el brutal atentado contra el ex primer ministro Rafic Hariri. Luego vinieron otros. Periodistas, políticos, guardaespaldas, viandantes inocentes. La gente que quería a los sirios dentro del Líbano se echó a la calle. Quienes pretendían que no se fueran salieron también. Hubo manifestaciones históricas, fechas para el mármol. El ejército sirio abandonó por fin el país. El país no abandonó su arraigada fragmentación. Por otra parte, el sur, desde el río Litani hasta la frontera con Israel, continuó siendo motivo de ansiedad. Hezbolá domina en este territorio, así como en la periferia meridional de Beirut —en las municipalidades conocidas como Dahiyeh—, y seguía siendo la única fuerza que le plantaba cara a Israel. Tampoco Israel dejó de ser el más inadecuado de los vecinos.

Revoluciones en la calle, resolución de la ONU, retirada siria, atentados, enfrentamientos verbales entre gobierno y oposición, vanas tentativas de alcanzar la unidad nacional... Luego vino el verano fatal de la invasión hebrea, que sólo momentáneamente unió a los libaneses. Al cabo de pocas semanas la clase política y sus seguidores acérrimos recuperaron la senda que conducía al abismo.

Pero no es objetivo de este libro, decía, analizar el enredo político de Oriente Medio ni la especificidad libanesa. Ésta es sólo una historia de amor entre Beirut y yo que requería un soporte narrativo tan alejado de la crónica como la alterada percepción que tengo de mis vínculos con la ciudad. Mi relación con Beirut ha sido turbulenta desde que me apasioné con ella en la primavera de 1987. No dejé escapar ni la menor oportunidad de volver mientras duró el último trienio de su guerra de quince años. La ciudad de mi primer encuentro era una Beirut tullida pero majestuosa. Hermosa y grave, herida. Había tanta nobleza en ella, tanta desproporción entre su desdicha y su tamaño, entre sus sueños y su destino... ¿Cómo no iba a enamorarme? ¿Cómo no prometerle regresar para compartir su suerte de tanto en tanto? Cumplía esas promesas y, cuando lo hacía, un bocado de mí se quedaba en aquella orilla del Mediterráneo. Regresaba a la normalidad de mi país, de mis amigos y familiares, pero dentro de mí rechinaba la culpa, Beirut vivía en mí con más fuerza que el mundo saturado y presuntuoso que me rodeaba y en el que me negaba a integrarme, inquieta, ya preparando un nuevo viaje, un nuevo regreso, el cumplimiento de la última promesa. El olor y los sonidos y las imágenes de Beirut impregnaban cada minuto —eso es el amor, impregnarse del otro, enajenarse del otro—, y por el resto sólo sentía desafección. Cuando viajaba a otros países que me son también muy queridos —Chile, por ejemplo— trataba de compartir mi Beirut con los amigos de allí, pero ellos ya tenían sus propias catástrofes.

Sólo cuando regresaba a la ciudad blanca y sepulcral y locamente viva me sentía bien, me sentía completa, me sentía en mi sitio.

El último día de junio de 2006 viajé a Beirut creyéndome curada de la enfermedad, sin recordar que yo misma había diagnosticado, en otro libro (1), que la ciudad es un virus que se mete en la

(1) *Mujer en guerra* (1999).

sangre y que no te abandona. Como en la malaria, sus temblores reaparecen periódicamente. Volví como turista distante, o mejor, como periodista dispuesta a hacer turismo y contarlo a los supuestamente relajados lectores de agosto —la razón por la que en los periódicos se sigue manteniendo la patraña del verano feliz y faldicorto es para mí un misterio—, sin implicarme en mis antiguos lazos sentimentales con la ciudad. Ni siquiera fui al Cavalier, mi hotel de siempre, sino al Riviera, un impersonal hotel de lujo más parecido a un balneario, situado en plena Corniche, con su embarcadero para yates y su piscina rodeada de hamacas desde las que se podía contemplar el semicírculo del Mediterráneo apenas hendido por el nuevo faro. Desde allí me sería más fácil representar el papel que me había asignado en los últimos dos años.

Perdida Beirut para mi futuro —creía—, me había construido una madurez sensata. El mundo en el que me muevo te pone muy fácil convertirte en un cadáver sin que te des cuenta. Celebraba mi cumpleaños en Roma, leía las noticias del Líbano sin inmutarme mientras desayunaba, visitaba a mis amigos del extranjero, viajaba para dar amenas charlas... Paparruchas.

Llegué, pues, a Beirut manteniendo mi ficción de accidental turista occidental. No sirvió de nada. En julio se produjo lo que ustedes saben y renació la malaria con una intensidad que me aturdió. No fue un temblor, sino una conmoción personal profunda. Tanta que, cuando tuve que irme de nuevo prometí volver. Y esta vez para siempre, aceptándola como amante mientras mantengo mi estable relación matrimonial con Barcelona.

Este libro, que narra mi verano de 2006 y un amor de casi veinte años de duración, pertenece al género de lo inclasificable. Porque no es una crónica y tampoco es un diario ni una reflexión, y es todo eso y también tiene mucho de novela. Ya que si algo novelesco me ha ocurrido a lo largo de los años eso ha sido Beirut, en Beirut y con Beirut, antes y ahora. Beirut es una novela que se ha metido en mí, que me ha absorbido y me ha convertido en uno de sus muchos personajes —secundarios para la ciudad: sin embargo, resulta imposible concebirla sin nosotros, sus criaturas de ficción verdadera—, obligándome a merodear entre sus cubiertas, a deslizarme entre sus páginas ya escritas y a aventurarme hacia las que aún permanecen sin escribir, acompañada conforme avanzo hacia el final por la misma gente que me incita a vivir.

Como una novela, esto que tienen en sus manos. Con personajes reales que podrían ser ficticios y otros de ficción que considero reales, incluida yo. Licencias que me permito a cambio de todas aquellas que Beirut se ha tomado conmigo para trastocarme cuando ya me suponía encarrilada hacia un tranquilo ocaso. He organizado la narración en dos partes.

La primera cuenta —en sentido temporal inverso, desde mi evacuación del Líbano hasta mi llegada como turista— aquellos días de insensatez y miedo, mezclados con mis mejores recuerdos del pasado compartido con Beirut. La segunda parte arranca con el cumplimiento de la última promesa: regresar para vivir allí el máximo tiempo posible, e ir decidiendo y escribiendo sobre la marcha. Desde la incertidumbre, desde los sobresaltos y la angustia, pero saboreando la capacidad plenamente beirutí de ser feliz momento a momento.

Una guerra me dio Beirut y, cuando creía haberla perdido para siempre, otra guerra me la devolvió. La vida es muy extraña.

PRIMERA PARTE

CASI VEINTE AÑOS Y VEINTISÉIS DÍAS

LUNES, 25 DE JULIO DE 2006, ÚLTIMO DÍA. LA EVACUACIÓN

La espalda recuerda lo que la mente olvida. Este suelo en el que me estiro para desentumecer mis vértebras después de las horas que he pasado encogida en el autobús, este frío placentero que me transmite el mármol, material que predomina en la nueva sede del Instituto Cervantes de Damasco, enfrente del llamado parque de Zenobia; este mármol, decía, es un viejo conocido de mi espalda, quién lo podía prever hace unos meses o unos siglos cuando, sentada en la escalera, esperaba a María Ángeles, la mujer de Antonio Gil, el director. «No subas, ¡que son tres pisos!», gritaba ella, que estaba arriba eligiendo cortinas para el edificio todavía por amueblar. Quién podía imaginar entonces que cinco meses más tarde, es decir, dentro de un instante, en cuanto mis huesos hayan recuperado su dócil desacuerdo habitual y yo deje de oír el crujido de mis rodillas, iré al rincón en el que se amontonan los colchones, me haré con uno —«No hay para todos», refunfuña Manuel, que tiene un sentido de la justicia proporcional a su capacidad para fustigarse; a sus veintiséis años parece más joven porque es menudo y delgado, nervioso; pasará la noche en vela, dando vueltas—, buscaré una almohada e intentaré dormir.

Y dormiré, porque de lo contrario tendré que pensar, y ni quiero ni es el momento. No lo es para recordar lo que hemos dejado atrás por esta evacuación vergonzante, como lo son todas —porque resaltan los privilegios de quien huye—, aunque por haber sido anunciada como la última puedo decir que he salvado... Iba a escribir la honrilla. ¿Y qué? ¿Qué más me da? ¿Volver a ver a mi hermana, abrazar a los míos, recuperar el cálido contacto de mi perro *Tonino*? ¿De qué me van a valer mi familia y amigos en las noches de insomnio que me esperan, cuando se me aparezca lo que he visto y tenga que imaginar lo que sucede sin que yo esté allí para contemplar las consecuencias en los rostros de mi gente? ¿Cuando no tenga a nadie con quien compartir? De nuevo, la distancia insalvable entre quien regresa y quien le recibe. Como en los viejos tiempos.

Había vaticinado para mí otro tipo de porvenir. Casi lo había planeado, como si la excusa de cumplir años, de tener menos años en el horizonte, sirviera para manipular el tiempo restante. Un porvenir de dama cosmopolita, conferencias, presentaciones de libros, viajes... tranquilos paseos por ciudades desconocidas o conocidas, ciudades de nuestro mundo en las que mis contemporáneos, a pesar de vivir en la Edad del Miedo, o quizá por eso, se entregan al lujo de permanecer todavía en pie. Yo creía que deseaba envejecer así, con calma y escepticismo, pero en realidad odiaba semejante perspectiva. La detestaba tanto como para empezar a escribir una novela —que he dejado a medias para recuperarla cuando termine este libro— que trata de cómo salir de semejante bonanza hipnótica. Es la historia de una mujer a la que sus amigos ya difuntos asesinan para que los entretenga en el otro mundo y para rescatarla de una aburrida madurez. La novela será escrita, desde luego. Digamos que antes la escritora ha recibido de la vida un buen rapapolvo.

He tenido que redescubrir una antigua verdad que la rutina había desplazado de la primera línea en mi conciencia: el tiempo nunca es elástico ni permite la audacia de amarrar el futuro. El tiempo, tu tiempo, camina en círculo. Y tarde o temprano acaba devolviéndote al lugar que eligió para ti marcándolo con una cruz de tiza. Mi cupo de ese precioso bien, el Tiempo, ha determinado que vuelva a presenciar —parte en directo, parte siguiendo angustiada las noticias desde mi casa— la destrucción del porvenir de Beirut, de sus comunicaciones; la de los barrios del sur de la ciudad, y la del país meridional. He contemplado las ruinas en las calles y también las grietas que se abrían en las personas, hasta en aquellas que físicamente se encontraban a salvo. El desgajamiento de familias, la angustia, el miedo. He visto de nuevo el color de la ceniza y he olido ese tufo que cada ataque arrastra como un caballo muerto. El hedor de la destrucción, de la ponzoña apropiándose del aire, del mar mancillado. Destrucción-renacimiento-destrucción, también la ciudad da vueltas sobre sí misma. Como su noria.

No estaba preparada para semejante cataclismo. Ni ellos tampoco: nadie merece un castigo tan injusto, tan desmesurado, pero menos los libaneses, que tras la retirada de Siria no habrían tardado en establecer relaciones con Israel y cuyo primer ministro no iba ya ni al *hammam* sin llevarse al embajador de Estados Unidos para pedirle consejo. Pero sucedió.

Nada se salva en el mundo que queda a mi espalda, y aquel hacia el que me dirijo tiene las calles demasiado intactas y los escaparates demasiado repletos, es inhumano en su exhibición del exceso. Al pensar en ello me doblo sobre el colchón, en posición fetal, para pegar mis recuerdos a la pared, para protegerlos del lugar al que regreso y en el que seré recibida con esa lejanía del entendimiento impregnada de amor que tanto me disgustaba antes, que tan desabridas respuestas me provocaba.

Claro, mujer, lo que habrás visto, pobre. No, por nosotros no te preocupes, llora si quieres, necesitarás llorar, después de lo que has visto, pobre.

La bola de aire en el estómago, el frío en las entrañas, eso no os lo podré contar jamás. Y no voy a llorar, no ante vosotros, que no podéis ofrecerme consuelo. Podréis nutrirme y entretenerme, os lo agradezco. Pero no sirve. La mirada de un camarero que comparte conmigo el sobresalto que causa una bomba me hace compañía. La sobriedad con que se realizan las tareas cotidianas mientras se desmorona cuanto se construyó con esfuerzo, eso me hace compañía. Y eso es lo que he perdido con la evacuación. He perdido a la gente. Pero estoy cansada. Tengo sesenta y tres años y estoy cansada. He de cumplir mis compromisos con *El País,* me digo, he de tranquilizar a mi familia. Sí, tengo razón, pero eso no es todo. La verdad se la conté en algún momento a Tamim el-Dalati, joven y eficaz periodista mitad sirio, mitad español, que ha estado aquí por EFE y también ha de regresar a El Cairo: «Me voy porque no quiero ver cómo este país se desangra», por lo visto le dije, no sé cuándo. De regreso a Barcelona, lo leería en una de sus crónicas de la evacuación.

Y no quiero ni siquiera pensar en ello. Doblada como un feto protejo mi espalda contra la pared, protejo los recuerdos que ya han comenzado a perforarme las tripas, a formar una corriente que se desplaza dentro de mí, de la nuca a los pies. Mis pies envueltos, como las piernas, en mi propio chal, que una de las mujeres musulmanas que duermen a mi lado ha ayudado a remeter bien, no sea que la visión de un tercio de pantorrilla de mujer de cierta edad vaya a causar conmoción entre los hombres desvalidos que circulan como almas en pena, arrancados de su cotidianidad como sus esposas y demás parientes, cada quien refugiándose en esos gestos antiguos que reafirman: la pulcritud, el decoro, el café y los cigarrillos a mano, las provisiones en su sitio, guardar cola ante el baño con un cepillo de dientes, controlar a los niños agotados y soñolientos pero excitados por la inesperada aventura que los aleja del miedo de las noches pasadas. El gesto de la mujer, tan maternal —aunque lo realizara en nombre del recato que exige su cultura—, me ha tranquilizado. Sigo estando en familia. Mi otra familia.

Cuando por fin abordemos en el aeropuerto de Damasco el Hércules que nos conducirá a la base de Torrejón y lleguemos a tierra española después del largo viaje y aparezca el coche que Javier Moreno, director de *El País*, habrá tenido la bondad de enviarme, y me rodeen unas encantadoras azafatas que ignoraré de dónde habrán salido, esa mujer cariñosa que me ha arropado desaparecerá como los otros hacia sus respectivos destinos... Son gente con la que podría compartir. Bastaría una mirada, un suspiro, un silencio. Cómplices de mi espalda. Me despediré de Manuel, que habrá metido mi maleta en el auto, quedaremos en vernos, todavía demasiado aturdidos como para saber que al menos eso va a ocurrir en los inciertos días de agosto. Nos acompañamos como náufragos —para tolerar mejor el choque de Beirut en guerra— desde la tarde en que me abordó a la puerta de mi hotel, el de toda la vida, el Cavalier, al que me había mudado por nostalgia —ya estaba ahí, la muy puta nostalgia— poco antes de que se iniciara la nueva etapa del destino guerrero libanés. Le pregunté quién era y qué hacía, me lo contó y no tuve dudas: «Ven conmigo, me ayudarás en mi trabajo.» Manuel, para abreviar: arabista que realizaba aquí su tesis sobre las comunidades religiosas del Líbano mientras se ganaba el pan como intérprete en una empresa rusa que desapareció de Beirut al día siguiente de empezar la guerra. Es especialista en empleos temporales lamentables que le proporcionan el raro placer de la ocultación de su identidad o tal vez de la postergación del descubrimiento de sí mismo. Los rusos se largaron sin pagar a sus empleados, ahora dispersos. También empezaron a irse los amigos de Manuel, que se quedó con muchas horas vacías por delante en una Beirut sometida a bombardeos. De ahí que empezara a trabajar para mí, para matar el tiempo, por una paga miserable que ni siquiera le aprovechó: la dio para los refugiados.

Hizo de traductor, me ayudó a descifrar los periódicos y añadió comentarios de su cosecha que me resultaron muy útiles. Se adaptó a mí como se adapta a todo lo que se le aparece cuando se aburre o no tiene nada mejor que hacer, o si piensa que puede suponerle una experiencia más mientras su personaje, el adulto que todavía no es o no se atreve a ser se va perfilando. Va a estar a lo largo de todo este libro, lo quiera o no, de una forma u otra: junto con la memoria de mi espalda, mucho más tenaz que los propósitos con que creí afrontar el porvenir.

Pero ahora duermo profundamente —whisky y trankimazin ayudaron, además del cansancio: no soy austera conmigo misma en estos casos—, y cuando abro los ojos no reconozco ni el lugar ni el mármol que enfría mis riñones. Tardo unos segundos en recordarlo todo. Las mujeres duermen alrededor, abrazadas a sus hijos. Aprovecho para ir al baño, dentro de nada despertarán y volverá el ritual de hacer cola para asearse. Yo no quiero asearme. Sólo vaciarme. Seguramente apesto. Y bien.

Salgo a respirar aire limpio. Camino como una sonámbula por la todavía inactiva calle Hambra de Damasco, nada que ver con la mía, la de Beirut. Saco cuatro fotos, para sustituir las notas: un escaparate con una maniquí vestida de fiesta, descabezada. Perspectiva del monte Casiún, al noroeste. Regreso atravesando el parque de Zenobia y arranco dos jazmines. Manuel descansa por fin pero sin colchón, en el mero suelo, y contempla la pared de enfrente con aire de poeta francés maldito y afligido. Su evidente desprecio por la evacuación y todos nosotros —el sistema, supongo— puede resultar muy enojoso en momentos tan ajenos a cualquier concreción como son éstos, horas que pertenecen al tiempo sin control y no obstante carcelario de las evacuaciones, un tiempo frente al que no sirven nuestra voluntad ni nuestra tozudez. Pese a todo, deposito uno de los jazmines en la pechera de su camisa, esperando que me muerda la mano. Pero sonríe a medias, entreabre sus ojos verdes y ausentes, tiene las abundantes pestañas pegadas en grumos irregulares, como si ellas también se hubieran agrupado para dormir; la barba, más bien rala, le ha crecido poco desde la primera vez que le vi. En doce días le ha crecido poco, se le va todo el pelo en pestañas, me preocupo tontamente. Ninguno de los dos tenemos ganas de hablar. Subo al bar del jardín, en donde hay animación y está Alejandro Lago, encargado de negocios consulares al frente de la evacuación; todas las huidas por tierra han pasado por esta sede del Cervantes, con el personal trabajando a rendimiento completo y el dinámico Antonio Gil al control desde Madrid. Alejandro da instrucciones para nuestra salida hacia el aeropuerto de Damasco. Pido un café, me siento en un rincón. Recuerdo los sucesos inmediatamente anteriores.

Hace diecisiete horas que partimos de la embajada de España en Beirut: una legación que, como todo en la ciudad, ha mudado su aspecto. El elegante palacio de piedra caliza se ha militarizado y ahora aparece rodeado de alambradas y protecciones, de miembros del GEO que han viajado desde España para custodiarlo. Los empleados libaneses parecen nerviosos, tienen mucho trabajo. Control de pasaportes. Cojo mi pequeña maleta; yo la encuentro pequeña, aunque pesa como plomo: es la última versión del achicamiento de equipaje que he debido improvisar, una revisión tras otra. En la mochila guardo mi Samsung, pesa sólo un kilo y es una joya de ordenador. Ésta ha sido la primera guerra en la que he contado con avances tecnológicos: conexión inalámbrica a Internet y teléfono móvil. En los otros tiempos, antes de retirarme de la acción por culpa de mis rodillas averiadas y de mi cansancio de la estupidez humana, escribía picando directamente las palabras en un vetusto télex al que apenas le quedaba aliento: con sólo ver la cinta agujereada en que se convertían mis textos me entraban vahídos. Pero funcionó, ya lo creo que lo hizo.

Mi Nuri me ha acompañado a la embajada. Es el chófer fijo del hotel, el único que queda a pie de puerta, haciendo guardia mientras duerme dentro de su Mercedes de los años setenta color colacao, al que este año ha dotado de una tenue refrigeración de la que se siente orgulloso: «*Good, miss Maruja?*» «*Very nice, habibi.*» Tiene ochenta y cinco años y, aunque la edad le ha ido concentrando, todavía conserva restos de su cuerpo de atleta —fue nadador y cruzó el canal de la Mancha en una competición, hace cuarenta o cincuenta años— y una noble cabeza de anciano. Es el conductor que he utilizado durante todos mis viajes de vacaciones al Líbano, a excepción del primero, en 1998, en el que usé a Maatouk, por entonces demasiado verde para entender lo que suponía mi primer regreso a la Beirut de mi memoria. Maatouk, convertido en un agradable hombre maduro y en un implacable negociador, posee ahora una flotilla de taxis, algunos de cuyos elementos he utilizado para hacer excursiones fuera de la capital en los dos fines de semana anteriores a la guerra. No está mi Nuri para distancias largas. Es sordo y los cambios repentinos de luz le deslumbran demasiado. A veces utiliza a su hija mayor, Suhayla, que podría ser su nieta, como GPS. Sentada a su lado, la chica le indica: ahora por la derecha, la calle tal o la avenida cual. Y como él conoce Beirut a fondo, da un giro de volante y ya está. En estos días de riesgo le he visto recuperar la energía que desplegaba durante la otra guerra. Como si le saliera de dentro el hombre que fue: hábil para maniobrar, para conducirte al peligro y sacarte de él. Era amigo de Sami, mi chófer de entonces —y que murió de tedio, nostalgia y cigarrillos tras probar la paz—, lo cual ha sido una buena razón para que nos hayamos hecho amigos. Además, qué demonios, las bombas no le pueden asustar, dada su sordera; para hacer que arranque a toda leche sólo tengo que sacudirle el hombro y gritar: «*Boom! Boom! Go!*» Siempre que vengo a Beirut compra dos décimos de lotería cuyo botín nos repartiremos el día que toque. Me los muestra con orgullo y se los lleva a la frente murmurando: «*Inshallah!*» Pero mi lotería es Beirut, y la suya, en cierto modo, soy yo, que le hago trabajar para algo más que los viajes al aeropuerto. Cada vez que le doy mis dólares se pasa también los billetes por la frente. Si son de cien pavos, además los besa. Nuri se casó en segundas nupcias después de enviudar, ya a edad avanzada. No tenía hijos, pero la nueva esposa le obsequió con tres, de los cuales Suhayla es la mayor. Octogenario, Nuri debe trabajar como un cuarentón —en una ciudad en donde ni los jóvenes consiguen una ocupación decente— para mantener a su prole.

Hoy estaba nervioso. Duerme mal por las bombas —vive en Manara, cerca del mar, desde el que también acechan los peligros— y tampoco le gustan las despedidas. Ha traído a Suhayla al hotel, pero no como orientación, sino para que me diga adiós. Así son las cosas en Beirut, te haces con gente, los heredas, los quieres. Se convierten en parte de ti.

He venido sola con Nuri. Tamim, aunque se hospeda en el mismo hotel que yo, lo ha hecho en el coche de su jefe, que acaba de arribar para sustituirle. Presiento que Tamim también preferiría quedarse: esta guerra, a la que llegó en el primer momento desde El Cairo, es muy suya.

Ingreso en la embajada tras despedirme de Nuri y prometerle, a él también, volver en septiembre. Me mira con sus grandes ojos castaños llenos de lágrimas. En el jardín coincido con Mahmud Chuqeir, médico amigo de los españoles, endocrinólogo del hospital de la Universidad Americana de Beirut. Está casado con Rosa Vizoso, veterano puntal del Instituto Cervantes en Beirut: lleva la contabilidad. Mahmud soportó aquí la otra guerra. «Nunca antes había abandonado el Líbano», rezonga, bajando la cabeza. Todos nos sentimos mal. O casi todos. Una latinoamericana dice: «Por mí, se acabó. Nunca más voy a poner los pies en este país. Esto no tiene arreglo.» Los miembros de una familia libanesa —los Jabati— están desmoralizados porque han perdido la pequeña consulta del padre, también médico, situada en zona aventurada, en Baalbek, capital del valle de la Bekaa, feudo de Hezbolá que los israelíes bombardean; y su vivienda de Beirut está en Dahiyeh, nombre genérico con el que se conocen los suburbios meridionales de la capital, también arrasados. Los Jabati tienen parientes en Sevilla; me dan un número de teléfono. Antes de terminar este libro he de localizarlos, saber qué ha sido de ellos.

Sentada en un murete, frente al doctor Mahmud, bajo la solanera, me preparo para lo que será un viaje de casi dos días. Lo fundamental es no pensar, decido. Y este no pensar, que se quiebra a menudo, es lo bastante empecinado ahora como para que sólo mi yo animal, el cuerpo que necesita aprovechar esta oportunidad para marcharse —pocos días después, los israelíes volarán el puente de Akkar, por el que nos aventuraremos hacia el norte de Siria para bajar luego por este país hacia Damasco—, esté despierto durante el traslado.

Y en ese momento se me acerca Manuel, con su aspecto frágil: parece más achicado y desvalido. Siento agobio. Por una parte, me creo responsable de que salga de este infierno y eso me alivia. Volverá a los suyos, sano y salvo, si la evacuación va bien. Por otra, sé que sufre por tener que irse. Se siente mal consigo mismo, se siente un traidor, como yo: él más, porque engrandece el asunto con su tendencia al tremendismo y también porque es la primera vez que esto le ocurre y al mismo tiempo quiere aparentar aplomo. Pero no me hace ningún reproche cuando se acerca y me dice que también viene: es un chico muy dulce y muy raro; a lo peor, más que dulce es un pasivo agresivo en horas bajas, los he conocido así; no importa. Se hace cargo de mi maleta —lo hará el resto del camino, llevándola de un autobús a otro cuando sea necesario; de su hombro cuelga una simple bolsa, ha regalado gran parte de sus pertenencias— y me conduce hasta el sitio de sombra que ha conseguido. Tamim está cerca. Alguien reparte agua. Yo no tomo agua, les digo. «Cuanto más bebes, más necesitas mear. En estas ocasiones me limito a tomar sorbitos de whisky.» Serenidad y whisky. Tal es mi filosofía. Y no pensar.

Busco en mi libreta las notas de los dos días anteriores a mi evacuación, para seguir este relato. Y no encuentro nada que refleje mi marcha inminente. La palabra evacuación no existe. Nunca fue escrita.

No lo quería reconocer. No lo quería admitir. No me quería ir. Supongo que por eso vuelvo y volveré. Con este libro, primero. Y en septiembre.

DOS DÍAS ANTES. UN NOMBRE

El domingo 23 sólo hice una anotación en la libreta de tapas negras, asegurada por una goma elástica, que elegí usar durante este viaje; es un cuaderno Moleskine, como los que fabricaban los pequeños impresores de París a principios del siglo pasado por encargo de escritores y artistas de vanguardia. La producción se suspendió durante años, pero una firma italiana la reemprendió en 1998, el mismo año en que regresé a Beirut por primera vez desde que acabó la otra guerra. Se venden desde hace poco en Barcelona esas libretas verticales o apaisadas, con cubiertas negras y hojas de rayas, cuadriculadas o en blanco. La mía es de cuadrículas y lleva dentro un regalo especial: etiquetas con frases de artistas relacionadas con la escritura. En mi cuaderno para este viaje pegué una cita de Emily Dickinson: «No conozco nada en el mundo que tenga tanto poder como una palabra. A veces escribo una y me quedo mirándola hasta que empieza a brillar.»

Mi anotación de ese día consiste en dos palabras y en cierto modo brilla. Con el color de la sangre. Layal Nagib. Nunca la conocí. Tenía veintitrés años, era fotógrafa. Libanesa nacida cerca de Akkar, en el norte del país, en una región muy pobre. Trabajaba en Beirut con sus cámaras, no paraba de sacar fotos porque así es la ciudad: una tentación visual permanente. Publicaba en la revista *Al Jarass* y, como *free-lance* entusiasta que era, vio en la nueva guerra una oportunidad profesional. Layal vino al mundo cuando Israel invadió el Líbano en 1982 para exterminar a los palestinos y a sus aliados locales. En esta otra invasión, Israel le quitó la vida. Un misil la pulverizó mientras iba en su coche por la carretera entre Qana y Siddiqine, en la región de Tiro. Su chófer, Suleiman El Chidiac, se libró con heridas leves.

«¿No te acuerdas de ella? —me preguntó Riad, uno de los empleados de la recepción del hotel—. Solía merodear por aquí, tiene amigos periodistas. Ahora están todos en una habitación, llorando. Le dijeron que no se arriesgara, ellos no se atrevieron a acompañarla. Y se marchó sola. Sus amigos tenían razón.»

Febrilmente intenté recuperar su rostro, su cuerpo, entre los muchos que esos días ocupaban un espacio u otro en el vestíbulo o el bar del Cavalier. Sin duda, la había visto, ¿era aquella morenita tan alegre que alabó el pequeño tamaño de mi ordenador? O quizá aquella otra muchacha que parecía reflexionar sobre algo importante, la mirada perdida en su taza de café.

La culpa por los muertos cuyo rostro no se recuerda se parece al remordimiento que sentimos por los suicidas a quienes en vida no llegamos a conocer bien. ¿Habría cambiado en algo su destino si hubiéramos mantenido un diálogo e iniciado una amistad? ¿La habría convencido de que no intentara una travesía tan arriesgada? En jornadas de guerra las emociones se yuxtaponen, ninguna borra la anterior. Layal Nagib se instaló encima de las penas últimas y las hizo más agudas. La joven reportera gráfica que trabajaba por su cuenta, mal pagada, sin protección, valiente, siempre ávida de conocimiento, siempre persiguiendo a los fotógrafos de la agencia France-Presse, cuya ternura se despertaba al encontrarse ante una vocación tan fresca como la que un día sintieron ellos. Le enseñaban los trucos del oficio, juzgaban sus trabajos. Hay que llorar por Layal Nagib, compañeros. Representa lo mejor de nosotros.

Recuerdo ese domingo como un día silencioso. Es porque no hubo bombardeos en Beirut. Se estaban concentrando en el sur, los israelíes. En la temible Layal Nagib, armada con su cámara de la verdad.

La noticia de su muerte —pero vamos a llamarla asesinato: crimen de guerra en una guerra criminal contra los civiles indefensos— me llegó en casa del cónsul español, Jesús Santos, a quien mi amigo Tomás Alcoverro suele llamar «encargado de líos». Es Jesús quien dirige las evacuaciones, y eso no resulta fácil en un país en donde los españoles están dispersos, con cónyuges libaneses, y en donde hay libaneses con nacionalidad española, y españoles que visitan a sus parientes y amigos libaneses aprovechando las vacaciones veraniegas... Sobre todo no resulta fácil en un país literalmente roto en sus comunicaciones, desconectado de un punto a otro. Cuántas veces no me telefonearon, de parte de Jesús o de la embajada, con objeto de que, a través de *El País* y de los medios del grupo Prisa y de Sogecable hiciera un llamamiento a los parientes de españoles residentes en el Líbano para que, si contactaban con ellos, les proporcionaran el programa de evacuaciones. Al hacerlo me sentía como si publicara por adelantado la esquela del Líbano.

Así que estábamos en su piso de Ashrafieh, en el piso del cónsul, un grupo de españoles y libaneses —periodistas, amigos—, disfrutando de un aperitivo antes de entregarnos a la paella que el propio Santos acababa de preparar. Sonó su teléfono móvil y se alejó un poco para hablar con tranquilidad. Era algo que ocurría cada cinco minutos, alguien le llamaba para añadirse a la evacuación del día siguiente o para saber a qué hora había que acudir a la embajada, o sencillamente para decirle que las cosas seguían calmadas o no en tal sector o tal otro; o para amarrar detalles de la larga ruta que íbamos a seguir, cuyo itinerario, por razones de seguridad, no se nos comunicaría hasta que estuviéramos en camino.

Cuando se reunió con nosotros, ya a punto de sentarnos a la mesa, estaba pálido: «Han matado a un periodista.»

Telefoneé a Tamim inmediatamente. Se encontraba en el hotel, enviando a EFE una de sus docenas de crónicas diarias. Si había alguien bien informado en la ciudad era él. «No te preocupes —dijo con ironía—. Era una chica, era libanesa y era *freelance*. ¿A quién le importa?»

Me dio el nombre y el dato de que colaboraba con France-Presse. No añadió que podíamos seguir comiendo, pero no hacía falta. Eso fue lo que hicimos. ¿Y qué, si no? Comer para tragar el nudo, beber para olvidar, enfrascarse en la charla ingeniosa del vecino de mesa. No pensar, no pensar. Postergar.

Terminado el almuerzo me dirigí con Tomás a la sede de la agencia, cerca del centro comercial Concorde y de la tienda de Zara. Alcoverro usa las instalaciones de France-Presse desde hace décadas, conoce a todo el mundo y la gente le adora. Una de las periodistas de allí me contó quién era Layal Nagib y cómo era. «No hemos avisado a su familia porque queríamos confirmarlo, pero ya sabe usted lo que pasa, las televisiones se nos han adelantado.»

Antes de regresar al hotel para escribir mi última crónica para *El País,* Alcoverro me acompañó a la pequeña oficina de Maatouk, el dueño de la flotilla de taxis a quien conocí en el 98. Nos debía los recibos de las excursiones realizadas los dos primeros fines de semana de mi estancia en Beirut. Charlamos un rato sobre la *situación* —siniestro eufemismo—, nos dijo que todos sus conductores andaban por ahí, intentando proteger a sus familias. *Por ahí* es una expresión bastante adecuada para indicar, más que espacio y lugar, un estado del alma. El que embarga a aquel que se entrega a la búsqueda desesperada de parientes o de refugios donde realojarlos en zonas que ofrezcan algo de seguridad. Ir *por ahí* cuando la guerra lo ha cambiado todo es lo que hacen los civiles cuando han sido señalados como víctimas centrales.

Tomás y yo odiamos las despedidas. Al salir de la oficina de Maatouk nos dimos tres besos, como siempre, y nos dijimos hasta pronto. Él se marchó a escribir su crónica y yo me dirigí al Cavalier, bajando por la calle Roma, que estaba vacía. Al llegar a Hamra encontré un poco más de animación, no mucha. Me dije que en cierto modo iba a ser un descanso alejarse de aquella pesadumbre.

En el hotel, Riad, poco después de contarme que Layal solía merodear por allí, vino hacia mí muy excitado. «No ha muerto —me informó, o más bien desinformó—. Está gravemente herida, pero no ha muerto. Acaba de pasar su chófer y lo ha dicho.» Ni el conductor mencionado era el de la muchacha ni ésta se hallaba con vida, pero el bulo de la resurrección de Layal duró un par de horas. Escribí mi última crónica en ese estado de sonambulismo en el que te sumes cuando quieres creer en lo que no es y tienes que informar sobre lo que sabes. Es una crónica rara. Cuando la releo ahora, no encuentro nada que chirríe. Lo que entonces tomé por una leve esperanza —contaba quién era o, temía, quién había sido; cómo había muerto, o cómo quizá no— ya no parece igual. Escribí un responso fatalista por la colega libanesa que merecía llegar a los veinticuatro años sin que otra invasión israelí se cruzara en su vida.

Esa noche, la última en Beirut, Nadim Safa, el druso que trabaja en el hotel Cavalier como jefe de ventas y de relaciones públicas, vino en mi ayuda. Él y su esposa, Wafa, son amigos míos desde hace años. Nadim posee ese carácter afable, la infinita paciencia y la capacidad para resolver problemas que caracterizan al buen ejecutivo hostelero en esta parte del mundo. El Cavalier, durante la otra guerra, fue muy frecuentado por los periodistas. Nadim era entonces mucho más joven pero ahora, a sus cincuenta, se había puesto al frente de la emergencia con una energía y resistencia admirables. Él y su equipo trabajaban hasta veinte horas, hacían turnos muy medidos, nos conseguían coches para viajar a lugares peligrosos, teléfonos móviles y lo que hiciera falta. Tanto el personal de recepción como el del restaurante trabajaban a tope. Esa noche, Nadim presentaba un aspecto deplorable, se le veía cansado y triste. Me observé en el espejo del vestíbulo —más de una vez me hice fotos contemplándome en ese espejo: tengo una colección de retratos míos hechos ante espejos de lugares que deseo recordar— y comprendí que yo tenía el mismo aspecto que mi amigo. Aspecto de derrota.

Nos fuimos a su casa, a fumar un narguile. Es una tradición nuestra. Wafa acostumbra a recibirme como hacen las mujeres árabes cuando han estado matándose en la cocina para complacer a sus invitados: en ropa de estar por casa y con el pelo recogido, las manos oliendo a cebolla, el cutis limpio. Es algo que me sorprendía al principio, porque contrasta mucho con la forma occidental de recibir. En su versión, la anfitriona te está diciendo: mira lo que he hecho por ti, llevo horas en la cocina, he preparado los platos que te gustan, quiero que te sientas como en casa, haz el favor de no intentar ayudarme, siéntate en el balcón, en seguida te traigo el whisky y el narguile, te queremos.

La última noche fue diferente. La esposa de Nadim, aunque embutida en una bata cómoda, no se encontraba sola. Con ella estaba otra mujer, Hariya, una chií del sur que fue compañera suya en la universidad, y sus dos hijos, niño y niña, de cinco y tres años. Los pequeños también tenían ojeras. «Se han venido a vivir a casa mientras dura esto, su marido está en la montaña, en una central eléctrica, no puede abandonarla porque es una de las pocas que no han sido bombardeadas. Su madre ha podido huir a Siria.»

La reprobada Siria estaba acogiendo por aquellos días y sin ningún reproche una media diaria de veinte mil refugiados. Gran lección para los libaneses. Si es que quieren aprenderla.

Wafa envió a su marido a comprar comida preparada y encargar dos narguiles. En Beirut te lo suben a casa, es un servicio más, con su contenedor de hierro repleto de carbones encendidos y las correspondientes pinzas: hay hasta mensajeros que van en moto, metidos en una tiendecilla rectangular de plástico transparente que protege el material del viento. Nos apretujamos las tres en un sofá, en un pequeño cuarto frente al televisor, ante un cuenco repleto de pepitas de melón y de girasol con las que calmar los nervios. Los hermanos jugaban entre sí. Lo que salía en la pantalla no eran dibujos animados. Además de Layal Nagib, habían muerto seis personas en Tiro bajo los bombardeos, y se contaban más de cien heridos. Los médicos denunciaban que empezaban a aparecer cadáveres con los huesos quemados y la piel intacta: la sospecha de que Israel estuviera empleando fósforo blanco, como hicieron los estadounidenses durante el asedio a la ciudad iraquí de Faluya, nos dejó sin aliento. ¿Allí, en el Líbano, a 85 kilómetros de ese balcón? ¿En un país que hace menos de un mes celebraba con entusiasmo extracomunitario un Mundial de fútbol en el que ni siquiera participaba su equipo? «Si utilizan bombas de racimo, ¿por qué no también fósforo blanco? Además, todas las armas que emplean se las da Washington», dije. El desaliento podía más que la indignación.

Llegó Nadim con la comida, poco después lo hizo el hombre que traía el narguile. Nos instalamos en la terraza, que es más bien un balcón grande. Era ya noche oscura, por lo que no podíamos ver, como en otras ocasiones, a nuestra izquierda, la suave inclinación del monte Líbano, que decora el este de Beirut. Delante de nosotros, la ciudad apagada y silenciosa. Fumamos y bebimos: en árabe también usan el verbo beber cuando se trata de la pipa de agua. Hariya bebía cerveza Almaza entre inhalaciones de tabaco macerado en dos sabores de manzana. Me contó que hace diez años los israelíes mataron a su hermano, guerrillero de Hezbolá. Hablamos de los hijos de Nadim. Uno de ellos, Ussam, estaba a salvo, en Jedda, trabajando para una rama (la rama buena, añadieron) de la familia de Bin Laden. El otro, Ghassan, veía interrumpidos sus estudios de comunicación —hay un programa de cursos cortos que incluyen uno de verano— y hacía gimnasia sin parar, vestido con chándal. «Si esto dura, se va a volver loco.»

Fue una de las noches más tristes de mi vida. Me despedí, de nuevo con promesas —hasta septiembre— que pensaba cumplir a cualquier precio. Luego Nadim hizo lo que siempre hacía cuando nos reuníamos en noches más alegres. Me dio un largo paseo en coche por la ciudad y yo sentí, como en el 87, que me encontraba a las puertas de un cementerio. No habían bombardeado el núcleo urbano, sólo los suburbios del sur, el puerto que daba vida en el centro de la ciudad y el faro nuevo, situado a cincuenta metros de la habitación que tuve en mi primer alojamiento de este viaje, el hotel Riviera. Tenía fotos del faro intacto tomadas desde mi hamaca junto a la piscina. Dispararon un misil al faro, los muy canallas. Cegaron el blanco e inocente resplandor que guiaba a los pescadores y servía de referente a las embarcaciones lejanas. Semanas después de mi marcha hicieron lo propio con el viejo faro, relicario del mandato francés que quedaba en tierra, asfixiado entre casas —una de ellas preciosa, de un desteñido color afresado, de estilo árabe: me pregunto si la alcanzaron—, y que ya no funcionaba. Durante su costosa reconstrucción de la posguerra, Beirut había ganado terreno al mar utilizando las ruinas de la ciudad —y algunos dicen que también material orgánico, basuras: peligrosa pero muy rentable mezcla— como cimientos. De ahí la necesidad de erigir un faro útil en la nueva línea de costa, dejando el otro como un recuerdo del pasado.

Apunten, fuego, acabaron con el faro como acabaron con las vidas de los libaneses. Miserables. Mi vieja noria del Luna Park —a la que me subí un día de la paz previo a este horror— seguía en pie.

La Beirut que recorrimos era una ciudad intacta pero con el resuello de los destruidos suburbios del sur cercándola, una ciudad cariada ya por algo que sus habitantes conocen bien y que es peor que la destrucción: el miedo, la cautela, la resignación. La adaptación a las nuevas circunstancias. De estas condiciones surge cuando es preciso lo más admirable del carácter libanés: su genio para la resurrección. Eso es lo que le dije a Nadim, a modo de consuelo, cuando me depositó en el hotel después de haber visitado todas las estaciones de nuestro recorrido habitual, convertido ahora en calvario. «Saldréis de ésta, seguro. Si hay alguien que puede resistir algo tan bestial, ese alguien sois vosotros. Los libaneses.»

Nunca le había visto tan indefenso. Sin la actividad frenética que desempeña en el hotel durante el día, ante el inmenso vacío de la Beirut nocturna, Nadim Safa, como todos nosotros, ya no podía librarse de pensar.

Y ni él ni yo estábamos seguros de que los libaneses puedan resistir tanto sin entregar un pedazo más de su alma.

SÁBADO, 22 DE JULIO. EL DESPERTAR

Las fotos que hice ese día hablan por mí. No fue por capricho que pedí a Nuri que me condujera hacia el Museo Nacional, ahora rodeado de alambradas, ni que diéramos un rodeo para, desde una esquina, obtener una instantánea del edificio de cristal y acero del Ministerio de Seguridad Pública, restaurado después de la otra guerra. Conservo muchos recuerdos de aquellos días de pánico, las carreras a pie por el paso del museo para alcanzar uno de los dos lados divididos por la Línea Verde, el desangelado este cristiano y el oeste musulmán, el sector más aventurado y apetecible entonces para mí y en donde he vivido siempre en Beirut. Ese bloque entonces medio en ruinas, el de Seguridad, albergaba los controles que decidían si merecías pasar al cristiano barrio de Ashrafieh o no; recuerdo que, cuando conseguía el visto bueno, bajaba de dos en dos los escalones medio comidos por los impactos y salía gritando, como si en vez de hallarme en Beirut me encontrara en plena Rambla de Barcelona: «¡Taxi! ¡Taxi!» Y uno de los hombres que permanecían con sus coches aparcados cerca del museo, a la espera de periodistas, me hacía una seña y yo me sentía tranquila, segura de llegar a tiempo para realizar la entrevista o conseguir la información que me había conducido hasta allí. Tengo grabado a fuego el museo de entonces, cuyo deterioro externo se mostraba acorde con los tiempos, pero que guardaba en sus sótanos —protegidas en el interior de bloques de cemento— obras de arte pertenecientes a civilizaciones milenarias. El Líbano sufrió toda clase de expolios durante aquella guerra, incluida su cantera de piezas arqueológicas; pero su riqueza en este aspecto es tanta que aún hoy continúa deslumbrando, igual que sigue el expolio, me temo. Pero las obras que dormían el más justo de los sueños bajo tierra mientras en la superficie parte del género llamado humano se entregaba a una orgía de sangre, ésas sobrevivieron y, andando el tiempo, el museo fue reconstruido con pericia y buen gusto. Desde entonces he acudido a él, a su silenciosa belleza, tantas veces como he podido durante mis visitas a Beirut. La última vez que lo hice fue la mañana del día en que empezó la guerra, tras enterarme de que Hezbolá había capturado a dos soldados israelíes y matado a otros tres: las cosas iban a ponerse muy mal. Y yo necesitaba meditar acerca de lo vano de este mundo, necesitaba admirar la huella de egipcios, fenicios, romanos, bizantinos, árabes, y entender que todo es fugaz si se contempla desde un museo.

Hice bien. Al día siguiente ya había cerrado sus puertas. Y sus tesoros, de nuevo en el sótano. Tanta Historia con mayúscula, entre alambradas. Reedición 2006. Qué asco. Ésta es la emoción primordial en mí ante el desastre: asco, asco hacia lo peor de nuestra especie. E impotencia ante la destrucción.

Para llegar al museo hemos pasado por Bachoura y luego por Basta, barrio mestizo cuyo carácter artesanal ha sido sustituido lentamente por la imposición del todo a cien de productos asiáticos, y en cuyas galerías de antigüedades las piezas auténticas, demasiado caras, han sido casi barridas por aparatosos muebles seudoartísticos importados de Egipto. Esta mañana de mi último sábado no me ofrece el amable espectáculo de los hombres sentados tomando café a la puerta de sus comercios, charlando entre sí sin dejar de controlar a la extranjera con el ojo avispado que distingue a los posibles clientes. No hay prácticamente nadie en las calles. Sólo gente apresurada que se dirige, en coche, a resolver asuntos puntuales, y que regresará pronto con su familia. Nadie sabe qué puede ocurrir. Parece que los israelíes buscan destruir las comunicaciones: dos torres al norte de Beirut, más bombas en los alrededores de Trípoli, una televisión privada, la LBC, que ha perdido a un empleado en el ataque, y los bombardeos siguen en el sur, a la caza de Al Manar, la televisión de Hezbolá, que pese a las repetidas agresiones continúa emitiendo desde sus escondites subterráneos, como un símbolo de la resistencia.

Pero le he dicho a Nuri que no ponga la radio. No quiero saber nada. Estoy despidiéndome. Más tarde escribiré mi penúltima crónica, pero este rato es para mis adioses. Me llamó Jesús Santos muy temprano, avisándome de que la última evacuación había tenido que ser adelantada al lunes. «No hay garantías de que nos dejen salir más adelante, como habíamos previsto. Será por tierra y luego en un Hércules que nos esperará en Damasco. Por Chipre es imposible. La isla está desbordada de refugiados, y el aeropuerto no reúne las condiciones necesarias para acoger un Hércules.» No le pregunto por dónde cruzaremos: cada día que pasa quedan menos fronteras expeditas con Siria. Pero imagino que iremos por el norte, aún quedan algunos puentes sin volar. Le digo que le llamaré en cuanto consulte con mi periódico. A esa hora, las ocho en España de un sábado, la única persona entre los jefes a quien se despierta es a mi amigo Juan Cruz, que este año, además —es un periodista ubicuo—, ayuda a coordinar la revista de agosto para la que vine a escribir el reportaje original, el de las malditas vacaciones en el Líbano. Nos ponemos de acuerdo. En cuanto regrese a Madrid escribiré una serie en tres partes sobre este país. Así que me marcho, aunque no lo reseñe en la libreta.

La visión del museo rodeado de militares —están aquí, por el Ministerio de Seguridad Pública situado enfrente— resulta lo bastante desalentadora como para pedirle a Nuri que sigamos el itinerario que siempre realizamos en mis últimas jornadas beirutíes. Primero el llamado Centro Ciudad, que en realidad no es sino un falso intento de sustituir lo que sí fue un núcleo urbano cosmopolita y bullicioso, el Burj —la antigua plaza de los Mártires, la vida apiñada alrededor—, cuyos zocos fueron arrasados primero por la guerra y luego por una reconstrucción codiciosa que los sustituye por centros comerciales. El Centro Ciudad es ahora un híbrido entre orientalismo y Dallas, con gotas de Disneylandia, habitado por el más puro espíritu mercantil. Esta reconstrucción y falsificación de lo que había constituido el corazón de una ciudad vivamente cosmopolita —sigue siéndolo en su decadencia: internacionalizados sus conflictos como lo fue su auge desde finales de los cincuenta hasta 1975— se realizó a lo largo de los noventa y aún no está terminada. La nueva guerra paralizó las grúas que erizan el paisaje en lo que fue la gran plaza de los Mártires, hoy convertida en una especie de superficie apta para todo tipo de experimentos arquitectónicos y urbanísticos, y eso incluye jardines conmemorativos y espacios retóricamente dedicados al recuerdo que en realidad ejercen de tampones para la memoria, no de exorcismo.

No es una zona que me guste. Y sin embargo, verla así, solitaria, sellada, también me duele. Los dueños de comercios y viviendas pudieron permitirse la huida en las primeras horas y días del conflicto. Los empleados de las carísimas tiendas y no menos onerosos restaurantes están escondidos con sus familias, si han tenido suerte. Pero hace dos semanas las calles que conducen a Nejmeh, la plaza en forma de estrella —los afrancesados del este de Beirut la llaman *place de l'Étoile*— en donde está el parlamento, se encontraban repletas de turistas y de autóctonos que abarrotaban los cafés y seguían los partidos del Mundial de Fútbol a través de pantallas gigantescas instaladas bajo los toldos. El Mundial marcó el principio de lo que entonces parecía la estación más bella de todas, la del turismo, que es para los libaneses como el príncipe que despierta a Blancanieves. Este país tiene una estructura social de desigualdades extremas, quienes controlan el dinero son un tanto por ciento muy reducido y quienes viven en la miseria o casi son mayoría, gracias a que las clases medias se han depauperado: la guerra de 1975-1990 se llevó todo lo bueno conseguido hasta entonces. Más de tres lustros después de su fin, el libanés medio no sólo no ha recuperado el nivel de vida de que disfrutaba a principios de los setenta, sino que sabe que esa meta ya le resulta inalcanzable. En este contexto, el millón y medio de turistas que se esperaba en el verano de 2006 no suponía una solución, pero sí una necesaria bocanada de aire fresco. Hoy la atmósfera está preñada de silencio. «Vámonos», le indico a Nuri.

Pasamos por el puerto utilizando el camino antiguo, el que solía oler a pescado podrido, salitre y madera húmeda. Algo de la peste a neumático abrasado que dejan los bombardeos se ha adherido a este paisaje modesto y laborioso, en donde se combinan los grandes hangares para el almacenaje de mercancías con pequeños talleres en los que se desarrollan oficios residuales. Unos y otros permanecen cerrados, así como la lonja. Policías y soldados —o sólo son policías: aquí visten uniforme de camuflaje— controlan a unas cien personas que esperan ser evacuadas.

«A la Corniche, rápido», le pido. El extenso paseo marítimo suspendido sobre una cenefa de rocas que bordean la cabeza de salamandra de Ras Beirut todavía ofrece algo de vida. Hay dos pescadores en la parte de Ain el-Mreisse. Hace muchos años éste era un pequeño puerto, pero fue perdiendo espacio a medida que crecían los complejos hoteleros durante la gran oleada de *glamour* y dinero que empapó Beirut durante casi dos décadas, como consecuencia —entre otras circunstancias— de la nacionalización del canal de Suez, y de la facilidad de este país para acoger el capital extranjero y servir de intermediario a los europeos que venden en Oriente y viceversa. Ain el-Mreisse sigue siendo uno de los mejores puntos de esta Corniche tan hermosa en sus más de cuatro kilómetros de longitud. Elevado unos metros sobre las rocas, a las que se desciende por una escalera oculta o, los jóvenes, saltando a la brava en las partes más accesibles, el prolongado paseo marítimo continúa tentando a sus habituales. A pesar de que el 90 % de los locales permanecen cerrados, aquí, junto al mar que se ofrece en semicírculo, hay siempre alguien que repite su rutina, sea la de correr en pantalón corto o la de apoyarse en la baranda para deleitarse con el paisaje, o la de pescar desde una roca.

También la reconstrucción actual ha tenido en cuenta la proximidad de Ain el-Mreisse a los hoteles para convertir este punto de la Corniche en zona turística de influencia gringa, con un Hard Rock Café y un enorme MacDonald's, uno más entre los muchos que existen en Beirut, situados a pocos metros de la coqueta mezquita otomana que de noche se ilumina con una cenefa de ingenuas bombillas, y del menos atractivo —por no calificarlo de lamentable— monumento al presidente egipcio Nasser, padre del desvanecido panarabismo.

Una muchacha hace gimnasia agarrada a los barrotes de la baranda que circunda el paseo marítimo. Una mujer de mediana edad, sentada en uno de los bancos de curvas gaudinianas y con dibujos a lo Miró —los libaneses copian que da gusto—, fuma compulsivamente y bebe cerveza: apenas son las once de la mañana. Me cuenta su historia: es turca, se enamoró de un libanés y se quedó a vivir en Beirut, de eso hace diecisiete años. Su marido murió y ahora está sola. Le pregunto qué va a hacer: «¿Qué puedo hacer? Esperar, como todos.» Se llama Dunia. Nos besamos para despedirnos, nos deseamos suerte.

El trayecto de siempre con Nuri solía incluir una incursión a los barrios chiíes del sur, penetrando en ellos pasada la playa de Ramblet el-Baida, la única pública de Beirut, frecuentada por la gente modesta. Aquí los fotógrafos amantes del pintoresquismo sorprendían a las musulmanas sentadas en la arena, vestidas y veladas, mientras los niños y los maridos retozaban en traje de baño. No hay nadie ahora en esta pobre playa, que también fue tocada durante los ataques a los suburbios meridionales. Y no podemos aventurarnos más al sur, que sigue siendo objeto de bombardeos a diario. Me produce un choque nervioso —de carácter sordo: se van acumulando en mi estómago esos encontronazos repentinos con lo real— asociar esas ruinas de Dahiyeh, que a diario vemos por televisión y que visitamos cuando podemos, con los laboriosos y superpoblados distritos chiíes que fueron hasta hace apenas tres semanas. Talleres mecánicos, tenderetes de frutas y verduras, puestos de muñecos y juguetes de plástico, mezquitas, mujeres atareadas, suelos enfangados, tuberías al aire, casas altas y casas bajas y casas a medio construir, las más, porque se van añadiendo pisos y habitaciones conforme aumenta la familia. Y también muchos edificios de altura, irregulares pero con la dignidad obrera de una ciudad dormitorio. Y fábricas y comercios boyantes, y gente orgullosa de su negocio, de su hogar, de su familia. La familia y la casa propia: ese gran bien árabe, refugio y consuelo contra las frustraciones y los fracasos, dispensador de alegrías... a la par que freno de la madurez del individuo, de su necesaria evolución hacia la reflexión, la crítica y la aceptación de la inevitable soledad.

En cierta ocasión, en casa de unos amigos, resoplé que por fin se había muerto la bruja de mi tía, la que hundió la vida —o lo intentó— de toda su familia. Los otros me contemplaron como si hubiera blasfemado contra Mahoma.

—¿Qué pasa? ¿Aquí no hay parientes malos? —me encaré, harta de la hipocresía ceremoniosa que usan: me ocurre a veces.

—Todas nuestras tías son buenas —sentenció el hombre. Fin de la cuestión.

Damos la vuelta en U en dirección a la ciudad, dejando atrás urbanizaciones vacías que ocuparon musulmanes con dinero —aquí venían también los del Golfo, a pecar en sus apartamentos y en los antros circundantes—, edificios recargados, cada piso con balcones dotados con balaustradas de columnatas neoclásicas, adornos y remates por todas partes, cantidades ingentes de mármol, ostentación. Hasta el más emblemático monumento a la horterada, una construcción de diez o doce plantas en forma de proa de buque —decían que fue el primero en Beirut que puso cada pisito a un millón de dólares—, se muestra esta mañana desvalido y desnudo. A la izquierda, el mar en aparente calma. A la derecha, más edificios en construcción abandonados con las tripas al aire, viviendas vacías, anuncios de inmobiliarias y esos enormes carteles publicitarios de cantantes y artistas que tanto les gusta colocar en las fachadas. En la mañana sin futuro de este sábado, los rostros de los artistas de moda, especialmente de ellas, con sus recargados maquillajes y sus perladas dentaduras, evidencian el patetismo de las muñecas rotas antes de ser usadas. Los edificios viejos exponen más que nunca su deterioro, como si el manto de la destrucción que nos envuelve hubiera sacado a la luz sus antiguas lacras. Cañerías rotas, herrumbre, enredados manojos de cables eléctricos, peldaños asimétricos de bordes carcomidos, grietas en las paredes. Es el lenguaje por signos de la ciudad dañada en lo más hondo.

Llegamos a Manara, en donde un restaurante, el Lamb Palace, ofrece narguiles a cualquier hora. Yo he dejado de fumar hace años, cierto. Cigarrillos. Pero aquí siempre *beberé* narguile, como dicen ellos: mi médico, que es muy sabio, afirma que eso no cuenta; y es verdad que en Beirut siempre gozo de buena salud, debe de ser porque me siento feliz, pese a todo, en brazos de la ciudad. Me instalo en el interior del restaurante. Desde aquí contemplo la noria que tanto amo, en el inocente Luna Park vacío, los chiringuitos vecinos al mar cerrados. También El Rawda, al que he venido año tras año, ha sellado sus verjas con candados. Hace días me subí a esa rueda, la noria, que yo confundo con la de la fortuna, porque resiste cualquier avatar. Una familia chií ocupaba los dos carros contiguos al mío, y nadie más. Al menos eso no me lo han quitado, mis acostumbradas vueltas por el aire, por encima de la ciudad y de sus zozobras.

No hay más cliente que yo en el Lamb Palace. Un camarero y un encargado hablan de sus cosas. He cenado unas cuantas veces aquí con compañeros de oficio. La última noche en que lo hicimos para ir a buscarlos al hotel tuve que utilizar la luz del teléfono móvil; se me había olvidado comprar una linterna. Y, sin embargo, una linterna era lo primero que metía en mi equipaje cuando venía a cubrir la otra guerra. La aprensión a tener que regresar a aquellos hábitos: saber moverse en un mundo en el que no hay electricidad y escasea el agua y se raciona la comida y se acaban las medicinas. Yo soy una privilegiada entre ellos, y siento angustia: debería averiguar en qué condiciones vive el hombre que me trae la pipa de agua. Pero estoy pensando tonterías. Cómo va a vivir. Mal. Como puede.

Interrupción. Barcelona. Mi hermana y yo comemos juntas hoy. Ha prometido traerme una linterna asombrosa, que funciona mediante manivela y no precisa pilas. La necesitaré si las cosas no mejoran para septiembre, porque Tomás me ha dicho hace unas horas que no hay luz, salvo para quien tiene generador y combustible con que hacerlo trabajar. Pensándolo bien, he estado en Beirut sin luz otras veces y nunca faltaron ni linternas ni pilas. Pero mi hermana se sentirá mejor si me la llevo.

Mientras fumo mi narguile le doy vueltas a si debo telefonear o no a Manuel para insistirle en que se venga conmigo a España. Él no quiere irse todavía —me temo que tampoco sabe si quiere quedarse, y para qué— y sé que vamos a tener bronca. Le adopté —le guste a él o no— como a una especie de hijo de mi afecto por Beirut la tarde en que nos conocimos, y no quisiera enterarme desde España de que su nombre ingresa en la nómina de víctimas de esta guerra. Tiene demasiado talento por desarrollar, debe convertirse en una traviesa más de los puentes que tanto insisten en volar, los puentes que nos unen. Su ayuda me ha sido muy útil durante estos días y además me recuerda a Malcolm, el joven que me inventé para ver Beirut a través de sus ojos en mi última novela (2). De haber conocido a Manuel antes de escribirla, mi personaje se habría parecido más a él que a mí, lo cual habría resultado bueno para el libro. Es una persona en crecimiento constante, que permanece siempre agazapado, maquinando retrocesos tácticos. Posee una inteligencia analítica paralizante y ha perfeccionado la duda como método, lo cual le convierte en un individuo entre irritante y conmovedor. Su forma de reaccionar a la precariedad laboral que aflige a nuestros jóvenes se basa en una rigurosa aplicación del sarcasmo crítico: alquila su tiempo a cambio de experiencias que cree que le servirán cuando se decida a escribir —vocación de la que no habla, no la malgasta, la cultiva en secreto y eso me hace pensar que es auténtica—, y amplía sus conocimientos acerca del mundo que le explota. Esta característica suya me enternece, pero también me preocupa que pueda perderse por el camino a causa de otra peculiaridad suya, su facilidad para adaptarse. El trato que recibió de la mafiosa empresa rusa, antes de la estampida que le dejó en la calle beirutí sin un dólar, no había sido ejemplar, según me contó, entregándose a una de sus características exhibiciones de malditismo. Y el recuento de los trabajos que ha desempeñado —otro alarde en mi

(2) *Hombres de lluvia* (2004).

honor— desde que se echó a la vida para pagarse los estudios le puso a mi faceta maternal los pelos de punta. Lo alarmante es que echa de menos a los rusos, a sus compañeros del tanatorio madrileño en donde fue vigilante nocturno, a los vagabundos que conoció en los parques de Barcelona por los que paseaba perros ajenos... Tengo miedo de que se pierda, y no me refiero a que se dedique a la mala vida, sino al peligro de que le propongan para alguna golosina académica y acepte como lo acepta todo; a que acabe convertido en catedrático antes de tiempo, en experto arabista especializado en polémicas más o menos estériles —es un poco pomposo en sus alegatos—, o que descubra el placer de camuflarse tras una sinecura orientalista. Demasiado a menudo, un inconformista sin resquicios y a tiempo completo lleva en su interior el germen de un funcionario modelo. Los fanatismos que nos protegen de la autocrítica se parecen mucho a los empleos vitalicios y las pagas seguras.

Me alegro de que salga de Beirut conmigo. Necesito un cómplice de mi huida.

Interrupción. En Barcelona. Manuel ha venido a visitar a sus amigos catalanes y a trabajar durante el mes de agosto en algo que cree poético y espera le resulte lo bastante degradante como castigo por haber abandonado el Líbano: va a ser guardián suplente del zoo —con gorra y chaqueta rojas, parece— hasta que consiga una forma de volver a Beirut para continuar con su tesis. Me da clases de árabe todas las tardes, tarea en la que es muy competente y en la que aflora un sentido del humor que me ayuda a relajarme. Cuando le pregunté si no necesitaba ir al baño después de beberse tres Sprites seguidos —estar con él es como llevar a comer al VIPs al hijo de uno de mis ex amantes: una experiencia abstemia—, respondió: «Sólo voy al baño en la intimidad.» Y se arrancó un pelo de las cejas. Ayer me dijo que había recibido noticias de la ciudad que hemos compartido: «Los bares y discotecas de Gemmayzeh están llenos de jóvenes que se divierten, pero no tienen la mirada de antes.» Es algo de lo que estoy segura. En septiembre encontraré una mirada distinta de la de ahora, tan diferente ya de la que hallé a finales de junio. Reflexiono: he escrito, refiriéndome a Manuel, «la ciudad que hemos compartido». Y no es cierto. Su Beirut no es la mía, ni la mía es la suya. Pero él me la recuerda. No tengo nada más. Mis amigos se han quedado allí. Manuel es el receptor vicario de mi ternura por la ciudad lejana, que a su vez destila en mí esta ternura hacia él. ¿O esto último mana de otra fuente? ¿Por qué mi preocupación por su futuro, mi temor a que se quede a la intemperie? ¿Por qué me sentí responsable de él desde el primer minuto? ¿Fue la visita del recuerdo aplazado, de las preguntas postergadas? ¿Debería relacionar este afecto con la coincidencia de que meses antes del nacimiento de Manuel yo sufriera un aborto del único hijo que quise tener? A finales de los setenta pasaba por una racha terrible, me había quedado sin trabajo, y pensaba —erróneamente: como tantas— que un hijo daría sentido a mi vida. No pudo ser, lo perdí. La monja que me atendió en el hospital —sin misericordia: yo era soltera y me tuvo en pie mientras me desangraba— me comunicó que era un varón. Se hubiera llamado Manuel: o Manuela, de haber sido niña. Considerado todo ello, podría preguntarme si fui víctima en Beirut del síndrome de Melania Hamilton en ese momento cúspide de *Lo que el viento se llevó* en el que Escarlata O'Hara se queja de que su cuñada reparta víveres entre los soldados enemigos, y Melania responde: «Cuando pienso que Ashley puede estar vagando como ellos, y que tal vez una buena mujer del Norte le esté dando de comer...» Quizá al conocer al chico de Beirut pensé en otro Manuel desorientado en una ciudad extranjera, un Manuel que no tuvo ninguna oportunidad de vivir ni de viajar, por quien no pude hacer nada. El instinto maternal nunca me ha perturbado. Pero no carezco de sentimientos. Ni de memoria.

Le llamo para instarle a salir de aquí y discutimos ásperamente; él adopta esa actitud juvenil-reivindicativa soy-un-ser-superior de la que presume y que en un momento de crisis como éste me saca de quicio. Decido no preocuparme más. Que haga lo que quiera. Es tozudo como una mula y tiene principios o lo que sea, además de una tendencia a la indecisión cuya descripción podría llenar un capítulo.

Voy con Nuri al Monoprix de Concorde, un centro comercial de lujo —aunque no tanto como los de Ashrafieh o el Dunes—, junto al cual, en un colegio público, se arraciman refugiados del sur. El supermercado es lo único que permanece abierto: diez horas, todos los días. He venido mucho a este centro porque, antes de que Virgin y su globalizada oferta se instalaran en el antiguo teatro de la ópera, en el Centro Ciudad, solía comprar aquí discos de música francesa y rarezas asimismo galas que sólo encuentras en Beirut... y París. A esa tienda ahora olvidada acudían los musulmanes modernos, en busca de lo último de sus músicos predilectos, pero una vetusta dama como yo podía preguntarle a la dependienta, sin temor a recibir a cambio un mugido vacuno, si por casualidad le había llegado la versión en CD del monólogo *La voix humane,* de Jean Cocteau, grabado originalmente por Simone Signoret en 1964. Recuerdo a aquella muchacha, con extensiones azules en el pelo, que se dirigió sin vacilar al mueble en donde se encontraban dos copias: adquirí ambas, una para mí y otra para mi amigo el crítico y escritor de cine Jaume Figueras, que se quedó asombrado por el cosmopolitismo de esta ciudad. No recuerdo si le dije que la chica del peinado bicolor quiso que se lo contara todo sobre Almodóvar, de quien era fan. En Beirut se venden mucho las bandas sonoras de sus películas.

El Concorde tiene dos plantas, la inferior en un subterráneo con un patio abierto. Me asomo para comprobar la actividad de los negocios de comida rápida. Cero. En cambio, en el piso superior, el supermercado, al que hemos accedido en coche por el aparcamiento de atrás, está abarrotado de clientes. Compran artículos de alto nivel, *delicatessen*, pero también acaparan materiales de primera necesidad: papel higiénico, latas de conservas, alimentos infantiles, legumbres, arroz, patatas. Agua, sobre todo. En el departamento de frutas exóticas, una mujer teñida de rubio, con el rostro paralizado por el bótox, los labios inflados por el colágeno y el reverso de los brazos acribillado por las huellas de numerosas extracciones de grasa —pertenecientes a la era anterior a la liposucción, la del rajado sin complejos—, se dedica a comprobar minuciosamente el grado de madurez de la montaña de aguacates que tiene delante. Sus manos son garras de uñas rojas que muestran su verdadera edad, similar a la del anciano que la acompaña y que, pacientemente, sujeta el carrito de la compra. Yo me largo tan pronto como puedo, con dos tercios de botella de Johnny Walker que me durarán, calculo, todo el viaje. Toda la huida.

¿Dónde está Nuri? Él siempre me espera dentro de su coche, durmiendo, encogido y plácido. Doy vueltas por el aparcamiento, buscándole. Aparece diez minutos más tarde, sale del Monoprix con gesto de satisfacción —la expresión de quien compra por primera vez en una tienda de lujo: esta semana he sido especialmente generosa con él, lo merece— y dos pequeñas bolsas, una en cada mano. «*Sorry, miss Maruja. My family.*» No le pregunto qué ha comprado. Si lo hago sabré más de sus carencias que de sus pertenencias. Ya tengo bastante tristeza encima.

En el hotel, cita con Mónica Leiva, periodista de la SER. Quiero enviar una crónica sobre las reacciones de los jóvenes ante el desastre y ella, por edad, está muy conectada, y vive aquí. Aparece con Karen, de Radio France Inter, periodista argentina amiga de Fran Sevilla, de Radio Nacional de España, a quien conocí hace casi veinte años en Santiago de Chile. Mónica posee el físico de una bonita guerrillera palestina de ojos verdes a la que entrevisté en los ochenta y en quien pienso a menudo: ¿seguirá viva? ¿Se habrá tenido que cubrir con el pañuelo? Es también muy intensa, Mónica: entiende el periodismo como una militancia a favor de la denuncia de la verdad. Corrobora algunas de mis impresiones sobre los jóvenes de aquí, añade otras. Nos despedimos. Subo a mi habitación y escribo la crónica. La envío desde el vestíbulo del hotel, a través del milagroso wi-fi. Por la tarde me telefonea Fran, quedamos en ir al Lamb House a por otro narguile. Lo disfrutamos y nos hacemos fotos con la noria al fondo. Camino del hotel, en la Corniche, entre Manara y Ain el-Mreisse, descubrimos un centinela indeseado: un buque estadounidense vigila cerca de la costa con la excusa de sacar a los norteamericanos que aún permanecen aquí.

Notas de ese mi penúltimo día en Beirut: «Nadie respeta los semáforos. Recordar cómo fue recibido el primer semáforo que se instaló después de la otra guerra. La gente, agolpada en la acera, viendo cómo los coches pasaban de largo, según la vieja costumbre de conducir como puedas y por donde puedas. Poco a poco fueron haciéndose a la idea de obedecer, y los semáforos, como la paz, dejaron de parecer interesantes. Los pocos guardias que quedan se ponen a la sombra, dan vueltas en las aceras, se comen las uñas, tienen cercos oscuros bajo los ojos. Como todos nosotros.»

A eso se le llama encontrarse mal con una misma: tomar notas en los semáforos mientras se enciende la otra luz roja: evacuación, huida, traición.

Ceno con Tamim el-Dalati en el hotel, los dos estamos mustios ante la idea de partir. Me acuesto pronto y duermo poco.

Recuerdos indelebles de este sábado: los brazos recosidos por la cirugía de la mujer del supermercado, el rostro resignado de la viuda Dunia y la expresión de Nuri al venir hacia mí con sus bolsas de comida.

VIERNES, 21 DE JULIO. EL CERCO MENTAL

Lo primero que aprendes de una serie de jornadas de bombardeos continuados como los que hemos venido sufriendo en los alrededores de Beirut desde hace nueve días es a aceptar el cerco. Estos ataques, de cuya maligna determinación y superior envergadura nos hemos convencido desde que empezó la guerra, no buscan sólo acabar con Hezbolá; matan civiles, en sus casas o en su huida, para demostrarnos que cualquiera es su enemigo, pues se trata de que nadie olvide jamás de lo que Israel es capaz, hasta que no quede piedra sobre piedra. Cuán bíblico. Aquí ni siquiera nos ha dado tiempo de enterarnos del nombre que le han puesto a esta nueva operación, pero no hemos olvidado el de la última incursión contra el sur del Líbano, en 1996, que se llamó «Uvas de la Ira» y mató a más de cien civiles indefensos, entre ellos no pocos niños, que se hallaban refugiados en un hospital de Naciones Unidas en Qana, la mítica Canaán de los evangelios.

Para estos canallas todos los árabes son terroristas. El implacable Estado hebreo cree que no practica el terror cuando se entrega a la limpieza étnica mediante una continuada lluvia de misiles, bombas de fragmentación, uranio empobrecido y fósforo blanco. Lo que está convirtiendo al Líbano en un país mutilado y carente de infraestructuras es la indiferencia del atacante hacia el sufrimiento humano. Israel practica una venganza cruel y proporciona un castigo ejemplarizante a la región entera en su carne más débil (palestinos aparte: ellos siguen recibiendo lo suyo en Gaza y Cisjordania). El hecho de que las bajas israelíes —gentileza de Hezbolá, una guerrilla muy disciplinada y parece que bien armada por Irán, aunque no dispone ni del 10 % de las armas que Estados Unidos proporciona a Israel— se cuenten en este conflicto por decenas, como nunca antes, no los va a detener, al menos no de momento.

Hemos aprendido a interiorizar el cerco. Aunque los bombardeos golpeen a varios kilómetros del centro de la ciudad, que será respetado al menos durante esta etapa de la guerra, aunque la destrucción se detenga a las puertas septentrionales de Beirut, se acumulan ataques que prueban que cualquiera puede convertirse en el próximo objetivo. Las noticias que los libaneses se transmiten, para complementar la mucha información que recibimos a través de las televisiones árabes por cable, ayudan a construir el cerco: no salgáis con camionetas cerradas, disparan contra ellas porque sospechan que contienen armas para Hezbolá. La ocurrencia hace reír a los repartidores de mercancías. Pero es verdad: hay que conducir las camionetas con las puertas abiertas, los coches con el maletero levantado, para que vean desde arriba que dentro no hay más que frutas y verduras. Sí, es para echarse a reír de histeria, puesto que la comida también puede alimentar a alguien de Hezbolá. Por otra parte, da miedo utilizar la autopista elevada que aún queda entera, la que une el oeste musulmán con el este cristiano de la ciudad y nos permite pasar de Hamra a Gemmayzeh como si viviéramos en la misma ciudad, en el mismo país, y siguiéramos al mismo dios.

Esa autopista, llamada avenida de Fouad Chehab, existió durante la otra guerra, aunque tuvo que ser remozada al volver la paz. Vuela por encima de lo que fue la Línea Verde, la zona que se convirtió en sinónimo de la destrucción sañuda desde el principio de la guerra civil libanesa, y en donde verdaderos asesinos a sueldo —y no eran extranjeros, o no sólo eran extranjeros: los propios libaneses devastaron el símbolo de la convivencia— se apostaban al servicio de las facciones enfrentadas, para cazar a los atribulados ciudadanos que no tenían más remedio que pasar de un sector a otro, y así perpetuar el terror ansiado por cualquier facción, al tiempo que cobraban a tanto la cabeza. Yo tengo algún recuerdo de aquel período, vivido más intensamente por periodistas que estuvieron aquí antes. Pero sobre todo me veo en tiempos de paz, yendo de mi distrito de Hamra a Gemmayzeh por el puente de Fouad Chehab para ver a amigos de aquel lado. Después de haber dejado atrás el complejo urbano del Centro Ciudad y, a la derecha, en un promontorio, el Serrallo o palacio de Gobierno, podía contemplar, desde la altura de la autopista y a mi izquierda, las obras de reconstrucción o de puro y duro aplanamiento, la erección de edificios de acero y cristal, el remozamiento del que fue objeto el teatro de la ópera, convertido en sede de la empresa Virgin, iglesias cristianas y mezquitas de rechoncho diseño otomano, y la casa rosa con encajes de yeso blanco en las ventanas ojivales: la primera casa de estilo árabe a cuya restauración asistí cuando regresé a Beirut en la primavera del 98 y esto era sólo un páramo, un aparcamiento con algunos arriates desperdigados. Tengo una foto mía de entonces, apoyada en un pivote de hormigón que muestra un nombre grabado en árabe: Beirut. Por aquel tiempo las calles de Monnot y Gouraud todavía no habían alcanzado su emblemática categoría de centros de entretenimiento para los jóvenes libaneses más modernos. La remodelación de la ciudad —que en realidad sólo alcanzaría lo más evidente: lo que serviría para atraer el turismo del Golfo, es decir, el Centro Ciudad, los hoteles, los bloques de viviendas de lujo ahora desiertos— se hizo poco a poco aunque con cierta pericia. La compañía Solidère, propiedad del multimillonario primer ministro Rafic Hariri, llevó adelante el proyecto con fondos saudíes y expropiando a diestro y siniestro sin demasiados escrúpulos. Sólo el descubrimiento de valiosos restos romanos en la zona y la protesta generalizada de los amantes de la ciudad consiguieron detener, en parte, el proyecto inicialmente bestial de hacer tabla rasa —Beirut es una tentación permanente para los especuladores y arquitectos, la tentación de partir de cero: no existen barreras legales— y convertir la explanada en un experimento plagado de rascacielos más o menos sofisticados e inteligentes, decididamente alejados del espíritu de participación de los ciudadanos. No se detuvo todo: ahí están, junto al mar, los cilindros de Marina Tower, frente al arruinado hotel Saint George, a cuyas puertas voló Hariri en el atentado del 14 de febrero de 2005, dejando en torno un paisaje de destrucción y hierros retorcidos que bien podría pertenecer a la escenografía de cualquier guerra: las de ayer o las por venir. O la de hoy.

He pasado en tantas oportunidades, en los años de paz, por este puente que forma la autopista al elevarse sobre la antigua cicatriz fratricida que he olvidado su fragilidad en las circunstancias actuales. Si Israel lo volara escenificaría esa herida incurable, la separación mental que todavía existe entre los dos sectores que protagonizaron —con tantas variantes e intromisiones extranjeras como se quiera— los conflictos de aquellos años. Qué poco les costaría exasperar a los libaneses para que, aisladas las comunidades de nuevo, sintieran que la Línea Verde se reabría en sus corazones... si es que llegó a cerrarse.

Cuando estos días circulo por el puente de prisa, muy de prisa en dirección a Gemmayzeh para saber si ha abierto sus puertas el café modernista de la calle Gouraud en donde trabaja Abed como maître, me recuerdo haciendo este camino en la Nochevieja de 2003, cuando recibí 2004 bailando desenfrenadamente, primero en un antro de Gouraud y después en la discoteca B-018, en donde estuvo el campo de refugiados de Qarantina, objeto de una masacre por parte de los cristianos a principios de la guerra anterior. Es una discoteca distinta de todas, que recuerda el lugar de la muerte. Está ubicada en un sótano, bajo la estepa del aparcamiento en que se ha convertido lo que fue un conglomerado de chabolas y escenario de aquella tragedia. La puerta de la B-018 es casi una lápida negra en forma de cruz; da a una escalera que desemboca en una gran sala con suelo de cemento y cadenas colgantes; en las mesas hay retratos de actores y cantantes muertos y los camareros usan bandejas iluminadas por luces fluorescentes. Detrás de la barra, en el extremo opuesto a la entrada, decenas de botellas se alinean en estantes escalonados con un fondo de espejos quebrados que fragmenta los rostros de los clientes y nos confiere un aire mortecino, como si procediéramos de ese otro mundo al que Beirut envió expeditivamente a sus víctimas. A medianoche de aquel fin de año retiraron el plafón del techo y vimos los fuegos artificiales, nos abrazamos y soplamos nuestros matasuegras. Yo llevaba un sombrero de arlequín con campanillas que guardo como un tesoro en mi casa de Barcelona. A mi lado estaban Darina el-Joundi, mi amiga actriz, y su novio de entonces, cuyo nombre he olvidado. Sana costumbre, porque tiene muchos: es una belleza. El primero que le conocí fue Maher, un fotógrafo muy sobrado que trabajó conmigo en mi reportaje iniciático sobre Beirut, aquel que también trataba —en el 87, con el asedio de los campos palestinos, los secuestros de occidentales y los coches bomba en el ambiente— de cómo pasar aquí unas vacaciones.

Conocí a Darina entonces. Era preciosa, una veinteañera morena, de facciones redondeadas, muy sexy. Y quería ser actriz. Era muy libre. Vivía con su madre y dos hermanas y tenía a su padre exiliado en Chipre.

No volví a verla. Y un día de principios de febrero de 2003 —justo aquel en que nuestro gobernante Aznar recibía la negativa del líder opositor Zapatero a seguirle en su apoyo a Estados Unidos para perpetrar un ataque preventivo a Iraq—, en la secretaría de *El País* se recibió el siguiente correo electrónico: «Éste es un mensaje para Maruja Torres, ha pasado mucho tiempo desde que intento contactar con ella, mi nombre es Darina el-Joundi, soy una vieja amiga de Beirut. Si alguien puede ayudarme dándome sus coordenadas o pasándole este e-mail, se lo agradeceré.» Le contesté inmediatamente y desde entonces mantuvimos contacto diario. Hablamos de la guerra, del reciente fallecimiento de mi amigo Terenci Moix, me consoló desde la distancia. Meses más tarde volvimos a vernos: en septiembre. Pasé todo el mes en Beirut y ella me hizo compañía pero, sobre todo, se reveló como una persona distinta. Como a muchos otros beirutíes, el final de la guerra acabó también con su modo de vida. Darina tenía diecisiete años cuando la conocí y vivía como una adulta independiente. Era libre porque la guerra había acabado con los prejuicios pequeñoburgueses y mezquinos con que las personas nos complicamos la existencia. «Lo que era tan grande y que tú amabas tanto —me había escrito pocos meses antes— era la capacidad de vivir al día; sólo se pensaba en vivir: ahora sólo quieren ser como los otros. Y yo no encajo en ese esquema.» Más tarde me contó que había sufrido serios acosos por parte de una facción de su familia para que dejara de ser libre. Su padre, que era quien la protegía, había muerto en Chipre y a ella la vida la trató realmente mal, hasta que una de sus hermanas, Dima, rompió también con el yugo familiar y se puso de su lado. Desde entonces, Darina y Dima —que se dedica a la producción cinematográfica— son inseparables.

Darina se ha convertido en actriz. Es muy buena. Aquella jovencita redondeada es hoy una mujer de una fineza de huesos y de rasgos verdaderamente excepcional. Tiene la piel aceitunada, viste con una sencillez espartana que destaca su belleza más que cualquier modelo de diseño, lleva la frondosa melena oscura suelta, prefiere la música a cualquier regalo que puedas ofrecerle, y posee algo que no existiría si no hubiera sufrido: el interior quebradizo de una heroína de Tennessee Williams mezclado con un brío afilado a lo Frida Kahlo. Su tensión interna la hace muy buena como actriz. Fui a verla al teatro Monnot, en donde protagonizó un monólogo sobre el mito de Medea trasladado a la posguerra libanesa. Su Medea era la ex esposa de un mafioso que se había enriquecido matando y haciendo matar; en la paz, su marido la abandonaba por una mujer más joven, se quedaba con sus hijos. Y Medea-Darina volvía como invitada no deseada a la fiesta nupcial para entregarle su regalo de despedida: un paquete bomba como los que él le había enseñado a preparar mientras destruía su inocencia. Aquella noche Darina estuvo magnífica, y luego nos fuimos toda la tropa teatral y los invitados a cenar en Le Bistrot, un restaurante instalado en una casa tradicional con patio y jardín. Estaba con nosotros una amiga de Darina cuyo nombre he olvidado pero que procedía de una buena familia cristiana venida a menos; era elegante, bohemia, de mi edad y vivía en la casa familiar, un antiguo palacio cuya impresionante arquitectura y exquisito mobiliario lo convertían en un museo. La dama ocupaba sólo unas pocas habitaciones y disponía de un salón en el que celebraba fiestas. Darina me invitó a una de ellas. «Está alicaída porque es mayor, temo que se abandone y te he puesto como ejemplo para que vea que se puede ser mayor y activa y libre.» Hice lo que pude; para empezar, aconsejarle que se cortara el pelo y se lo tiñera. No estoy muy segura de que ella pagara sus fiestas, más bien creo que alguno de los huéspedes que se solazaban con los invitados e invitadas más jóvenes era lo que podríamos llamar el *caballito blanco* que corría con los gastos. Pero ¿quién soy yo para juzgar a nadie? He comprobado cuán duro puede ser Beirut para quien lo ha perdido todo —lo supe después de aquella guerra y ahora empiezo a asistir a un trance similar— y jamás descalificaré ciertos comportamientos.

No veo a Darina desde que, en septiembre de 2004, asistí a varios pases de la película egipcia *La porte du soleil,* basada en la famosa novela de Elias

Khoury, una obra maestra en la que el protagonista, un médico de la depauperada Chatila, trata de sacar del coma a su padre espiritual, héroe de la resistencia palestina, contándole —como una Sherezade— la guerra civil libanesa recién terminada, su propia experiencia y la incierta vida de la gente que fue expulsada de Galilea en 1948. Darina hacía de fantasma, un papel corto pero del que estaba orgullosa. El último pase lo dieron en Chatila, en la explanada del cementerio de los mártires de la matanza del 82, habilitada como cine al aire libre. Al inicio de la proyección aparece una pareja en la cama, haciendo el amor. Del público se eleva un bisbiseo de mujeres ofendidas. Carraspeo de gargantas piadosas. El almuédano de la mezquita vecina ora en estéreo y ostentosamente, sin duda ofendido por la competencia. El público está fascinado por las imágenes que le cuentan su propia historia por primera vez. ¿Podrá más el interés que los prejuicios? No me quise quedar para verlo, pero al día siguiente interrogué a mi amigo de hace años, el médico palestino Mohamed el-Khatib, que había estado presente: «No se pueden mostrar en público esas cosas, sexo, besos... Esta gente no está preparada.» Me indigné: «¿Me lo dices tú? ¿Un liberal, casi un ateo de toda la vida?» «Yo sí, yo lo entiendo, pero no es conveniente.» Ahí comprendí que los religiosos se estaban haciendo fuertes también en los campos palestinos. No fue agradable, y mi amistad con el doctor se enfrió. Así es como los palestinos laicos han ido retrocediendo ante el integrismo. Si los más cultos abandonan, ¿en quién se apoyará la gente sencilla que preferiría vivir sin tutela?

Durante las noches previas y las posteriores al Fin de Año de 2003, al que he aludido, crucé muchas veces el paso de la avenida de Fouad Chehab en una dirección u otra, camino de una juerga en la zona cristiana o de regreso al Cavalier. Darina solía dejarme mensajes en el hotel: «A tal hora te mando a Georges.» Georges era un amigo suyo que no le cobraba por llevarla en coche a todas partes y que había extendido sus favores a mí. Como descubrí en seguida, no le importó que yo sí le pagara. Pagar generosamente a todo el que trabaja bien —y ésta es tierra de buenos profesionales en todos los campos—, dar propinas, comprar en las tiendas de barrio: eso formaba parte de mi contribución a la reconstrucción del país. Durante años lo he practicado como un deber ineludible que, además, me produce mucho placer. Parece baladí, pero no lo es. A veces una crema de manos es lo único que se vende en un día en la tienda de cosmética que frecuento en Hamra. Y la sonrisa de un beirutí cuando comprueba que un extranjero repite en su negocio no se paga con todo el oro del mundo.

Georges tenía el aspecto de un miliciano cristiano rapado al que sólo faltaba el kalashnikov, pero conmigo siempre fue amable, incluso cuando no era Georges. Me explico: en un par de ocasiones se hizo cargo de mí su hermano, que tenía el mismo aspecto y que, con paciencia, intentaba explicarme que él era él, no el otro. Yo me echaba a reír. Qué más me daba. Lo importante era cruzar el puente en plena noche, o de madrugada, sin que nadie nos atemorizara, sin que nadie lo impidiera, sacar medio cuerpo por la ventanilla y cantar mientras contemplaba los restos del vientre de ballena del Radio City, un complejo de cines y centro comercial que fue bombardeado durante la otra guerra y del que sólo permanece su inmenso armazón de cetáceo gris. Junto a él, esas noches, con la grandiosidad beirutí propia de la ocasión, resplandecía un enorme árbol de Navidad que tenía la talla de un rascacielos y permanecía iluminado hasta la mañana.

Los recuerdos, mis recuerdos, convierten el cerco actual, el cerco mental, en una limitación todavía más presente. Hay que hacer algo para no pensar cuando de repente abro los ojos en el amanecer y no sé si me ha despertado el estallido de una bomba o el no menos provocador estruendo del silencio. El silencio de Israel es siempre temible: ¿qué estarán maquinando?, te dices. Así que son las seis, falta hora y media para que abran el restaurante del hotel y pueda darle un abrazo a Issam, el maître, este hombre cariñoso que me trata como un hermano protector, el mismo que al principio de los bombardeos me dio el mejor consejo que he recibido en esta guerra: «Sobre todo, no pienses. No pienses, no pienses. Actúa y nada más.»

De modo que cuando me despierta una cosa u otra, el miedo seco del ruido mortal o la insidiosa espera de algo peor, lo primero que hago es ducharme y dedicarme a todo lo que una mujer puede hacer por sí misma en el cuarto de baño. Me entrego a lo que en la vida normal nunca pongo en práctica por pereza. Me enjabono bien dos o tres veces, me lavo el pelo, lo desenredo, lo seco, extiendo un potingue para darle volumen, me froto crema en todo el cuerpo, me corto las uñas de los pies. Mientras mi piel absorbe el último subterfugio de distracción, recorro la habitación arriba y abajo y pongo orden en mis papeles. Todas las mañanas igual. Éste aquí y este otro aquí, y este otro, y... Me he convertido en una maníaca. Una maníaca que tiene miedo y no debe pensar.

Pero he de enfrentarme a un acontecimiento social a primera hora, y eso abrevia un tanto las ceremonias.

Un desayuno con nuestro embajador, Miguel Benzo; y allá voy con Nuri y Tamim. La embajada está en Haddath, y para llegar hasta ella hay que pasar por parte de los caminos destruidos recientemente. Ingentes ruinas de un anillo de circunvalación, autopistas hendidas. Pasamos por debajo como podemos, entre escapes de agua y cascotes. Nuri permanece impasible. Su rostro es una máscara. Como si se blindara contra el espectáculo de la nueva desaparición de su país. De vez en cuando acota: «No, eso no es de ahora. Eso es de la guerra anterior.» Boquetes, agujeros de metralla. La guerra anterior no alcanzó el tipo de demolición masiva que Israel puede ofrecer en una sola actuación.

El desayuno con el embajador es tranquilo aunque apresurado. Todos tenemos que ir a alguna parte, reportar, ser testigos. El atento jefe de la legación española se muestra pesimista y sigue hablando de nuevas evacuaciones. Calculamos que serán relativamente seguras mientras queden ciudadanos norteamericanos por rescatar. Me digo que es de esperar que Israel permitirá que haya un poco de paz para asegurarse de que sus cómplices actúan sin problemas. Luego vendrá el acabose. Salimos de la embajada. Más recuerdos. En el 89 pernocté aquí durante la guerra del general Aoun contra los sirios: para tomar el barco a Chipre desde Junieh; días antes también estuve, asistiendo a la ceremonia de despedida del cuerpo del embajador de entonces, Pedro de Arístegui, alcanzado por una bomba siria en su propia residencia.

Vuelvo al hotel tras la acostumbrada inspección de la ciudad. Aparece Abbas y me sirve la historia que escribiré para *El País*. Yo cubro en Beirut, a mi manera, la guerra en su vertiente más cercana. Pongo nombres, doy el perfil humano, trato de convertir las estadísticas en personas con rostro, nombre y emociones propias. Eso es lo que intento hacer aprovechando mi conocimiento del Líbano y mi cercanía a los seres que lo habitan. De esta forma el lector puede sentirse vinculado al lugar del crimen, experimentar el horror y apreciar los pequeños destellos de humanidad que ayudan a soportarlo.

Abbas forma parte del equipo humano del hotel Cavalier, es un chico de unos veinticinco años muy serio y responsable, aunque también es capaz de gastarme finas bromas, sobre todo gracias a mis fallos para manejarme en árabe. Siempre cariñoso, como todos. Llevaba días intentando que los periodistas que iban a inspeccionar los daños causados por los repetidos bombardeos de Dahiyeh, los suburbios del sur, se acercaran a su casa y comprobaran si seguía en pie. No lo consiguió: vivía con su familia cerca de la autopista nueva que llevaba al aeropuerto, en Haret Hreik, el sector más destruido. Si te metías ahí y volvían los bombarderos te quedarías atrapado. Así se lo advertimos todos, Abbas bajaba la cabeza con desánimo y, después de decir que necesitaba recuperar algunas cosas —ropa, pasaportes, sus CD de música—, volvía a sumergirse en el trabajo que estuviera haciendo en recepción: cuadrar la caja o repasar la lista de nuevos huéspedes. El hotel, como el resto de los de Hamra —es la zona más segura, siempre lo ha sido, incluso en los tiempos en que había que tomar un coche para recorrer sólo dos calles plagadas de controles militares y sacos terreros—, empezaba a ponerse a tope de periodistas y de miembros de alguna que otra organización humanitaria.

Digo, pues, que a mi regreso de la embajada, después de haber realizado con Nuri una inspección de la ciudad para tomarles el pulso a diferentes distritos —se podía pasar en cosa de minutos del desaliento al espíritu de resistencia, de la histeria a la ira concentrada—, me encuentro en el bar del hotel conectándome a Internet para leer las últimas noticias cuando Abbas hace su entrada triunfal. Casi no le reconozco. Se ha duchado y repeinado, como si se dispusiera a disfrutar de un viernes festivo especial. Y en realidad, así es. Ha conseguido entrar en su casa —milagrosamente entera— con ayuda, supongo, de algún policía o miembro de Hezbolá (o las dos cosas a la vez) de los que vigilan la zona en moto. «Tengo mis CD», anuncia con una carcajada. Va vestido con una camiseta rosada y unos flamantes tejanos y huele a colonia fresca. Más adelante, antes de mi marcha de Beirut alguien me dijo que la casa de Abbas había sido fulminada de un bombazo. Di gracias porque no le pillaron a él durante su valiente incursión.

En estos días a duras penas podemos conocer dónde empieza el cerco real, el campo de la desigual batalla al que resulta difícil aventurarse, por no decir imposible. Pero el otro cerco siempre está aquí, en nuestras cabezas. Ilustra nuestros amaneceres y llena de angustia nuestras noches. Ahora ya sé lo que quiere decir la frase «Enemigo a las puertas».

Manuel ha venido a mi hotel en cuanto ha terminado su trabajo en Sanayeh, en la ONG con la que contactó ayer. Hemos ido al Barbar, establecimiento de Hamra que forma parte de una cadena libanesa de restaurantes y venta de comida preparada. Comemos sin demasiado apetito pero yo vigilo que él tome vitaminas y proteínas. Tengo la impresión de que he sacado a merendar al amigo menor de mis sobrinas; es el maldito Sprite que siempre bebe, le infantiliza, así como su forma apresurada de comer, como si lo hiciera en el refectorio de un colegio. Pero estamos a gusto entre la gente: familias musulmanas celebrando su viernes festivo, los críos se ensucian de ketchup. ¿Por qué estamos a gusto —le pregunto, me pregunto—, si nada cambia ahí fuera ni aquí dentro? La respuesta es simple: no hay televisor. Por un rato hemos desconectado, no hay noticias. Los padres tienen que fingir alegría para no desanimar a sus hijos. Pero no la fingen: se los ve alegres, hoy, ahora. La gente *que está aquí* está viva.

JUEVES, 20. FORMAS DE VIDA

Desde mi nueva habitación del hotel, en la segunda planta, diviso con dificultad a los dos hombres que comparten un par de habitaciones en el edificio de enfrente. Se trata de un bloque para despachos erigido en los tiempos de prosperidad, o en un momento en que Hamra creía vivir una tregua entre dos de sus guerras. En el 87 estaba repleto de refugiados del sur que se movían como sombras, mujeres y niños sobre todo. Podía ver hornillos de butano en el interior, adolescentes que intentaban dormir a sus hermanos menores, bebés que lloraban. Las mujeres adultas, veladas de negro, tendían la ropa en lo que había sido un edificio comercial de lujo situado entre dos bancos. Quedan muchos inmuebles como éste en el Beirut actual. Vacíos casi por completo, inacabados. Éste tiene aparentemente diez pisos, pero el último sólo dispone de fachada. No hay techo para el último, inacabado. Cuando me asomaba desde la séptima planta de mi hotel, una de cuyas habitaciones suelo ocupar, podía fotografiar la luna a través de los cristales de las ventanas opuestas.

Anoche, cuando regresé al Cavalier para mi alegría, después de mi estúpido intento de evacuación por mar, me lo encontré lleno de periodistas. El personal de recepción crepitaba con la acción de los días más guerreros. Prensa, igual a negocio. Los turistas se tuvieron que ir, pero, al menos, han llegado periodistas. Se apilan en el vestíbulo esos ridículos equipos para enviados especiales a la guerra: chalecos antibalas, cascos. Los precios suben. El hotel no se muere. Vive al día. Pase lo que pase.

Tuve que esperar un rato a que me prepararan una habitación en otro piso. No está mal. Es igual de cómoda que la anterior, pero tiene una sola y enorme cama. Yo prefiero dos de buen tamaño, para usar una como archivo de papeles. Esta habitación luce unos cortinajes algo repolludos, que se atascan. Pero permite salir a la pequeña terraza y escudriñar el edificio de enfrente. En el primer piso, que corresponde a una empresa llamada Crédit Financier, dos ejecutivos sentados ante sus respectivos ordenadores entretienen las horas charlando, pero a menudo se quedan sin nada que decirse ni nada que teclear. Permanecen quietos, la mirada fija en las pantallas muertas, como si interrogaran su porvenir en el cristal líquido. A lo largo de los días los observo languidecer, sus impolutas camisas pierden primero el apresto, luego la blancura. Tienen el color roto, como ellos mismos.

En el cuarto piso, un poco a mi izquierda, están los *okupas* a quienes me he referido al principio. Son una réplica en pobre de los ejecutivos deprimidos. Los veía mejor desde la séptima planta. Hace poco que están aquí, me cuentan los empleados del hotel. Se levantan muy temprano, calientan agua para un nescafé en una habitación en la que tienen cocinilla de campaña y una nevera-vitrina, de las que sirven para guardar refrescos en las tiendas de alimentación. Salen de casa temprano y regresan a media tarde. Antes de acostarse se preparan algo para comer y pasan un rato viendo las imágenes en blanco y negro de un pequeño televisor, instalado entre el hornillo portátil y la nevera. ¿Llegaré a ver el edificio que he tenido delante en cada una de las visitas realizadas durante diecinueve años, llegaré a verlo como la primera vez, un símbolo del desastre total, del desplazamiento y la miseria de la guerra? Tomás sostiene que si esto va a peor los refugiados tanto del sur de la ciudad como los que a diario llegan desde Saida, Tiro y aún de más lejos pueden meterse incluso en su propio apartamento. Durante los setenta y los ochenta eran los milicianos quienes requisaban las casas. La pobre gente, los mismos chiíes del sur que luego se instalaron en los suburbios beirutíes hoy bombardeados por Israel, se refugiaban donde podían. El edificio pintoresco de Artesanat du Liban, en la Corniche, se hallaba en contrucción-destrucción durante aquella primera visita. Bajo su gris hangar con arcos moriscos dormían las familias, apretujadas. Cuando hacía buen tiempo parecían estar de picnic, con las rocas y el mar a pocos metros.

No hemos llegado hasta ese extremo. Pero la crisis humanitaria, dado el bloqueo por tierra, mar y aire y los constantes bombardeos, parece imparable.

Interrupción. Barcelona. Un avión vuela bajo por encima de mi barrio del Ensanche. Todavía me produce miedo el ruido de los aviones. Sin embargo, lo que yo presencié en Beirut fue sólo un adelanto de lo que vendría después del 24 de julio, la sistemática destrucción de los últimos caminos, el exterminio de cualquiera que se moviera más abajo del Litani, la nueva masacre de Qana. Tomás Alcoverro pasó en Tiro mucho tiempo, con Joan Roura, de la televisión autonómica catalana; también Mónica Leiva, de la SER, y Mikel Ayestarán, de *ABC* y Vocento. Se quedaron y han permanecido allí hasta el final. He recibido correos suyos. Me echan de menos, y yo a ellos. De su regreso a la seguridad de Beirut, tras el infierno de Tiro, Mónica escribe: «Una de las primeras cosas que hice al regresar a Beirut fue conducir el coche de un amigo en medio del caos de esta ciudad y tocar la bocina hasta cansarme, como una loca poseída. ¡Qué alivio!» Del tono general de sus mensajes, tanto los de ellos como los de Guillermo Altares, que ha estado cubriendo la información para *El País* durante las últimas semanas, deduzco que no se plantean que la tregua por la que Kofi Annan va moviendo el culo de país en país pueda romperse o no. Viven a la libanesa. Al día. Es lo que voy a hacer yo, la impaciencia por partir me mata: es 31 de agosto. Me voy a Madrid a por un visado sirio y otro libanés. El 6 de septiembre presentaré en el Instituto Cervantes de Damasco —el mismo en donde dormimos la noche de la evacuación— el libro *El decano*, escrito por Tomás Alcoverro. El 8 de septiembre, Tomás y yo viajaremos juntos a Beirut. Salí de allí en autobús por los caminos del norte que poco después Israel volaría. Regresaré en taxi por la apedazada ruta de Damasco, después de cruzar la frontera de Masnaa.

Manuel mantiene una actitud mentalmente optimista. Mi lealtad para con el Líbano me exige actuar como si supiera que esto va a durar poco, que se arreglará , pero por dentro siento una profunda aprensión, soy escéptica y me avala la historia: no hay quien frene a Israel. La militancia de Manuel radica en creer que vamos a mejorar, que los jóvenes no van a permitir que el país se deslice hacia sus antiguos vicios, sus ajustes de cuentas asesinos. Sin embargo, su fe debe de tener algún fallo de conexión con su voluntad, porque se traduce en un exasperante abandono físico, como si quisiera convertirse en los otros, los que de verdad sufren; no se cambia y se ducha raramente —me pregunto si no será igualmente un poco espeso en higiene en tiempo de paz—, come poco y mal, y sus agitados paseos mientras se dedica a pensar o a hablar por teléfono, aunque él diga que es su forma de ser, le convierten en una especie de sombra frenética. Por suerte es pequeño y bien proporcionado. Si fuera un grandullón patoso no habría quien le aguantara. A veces le digo que pare, que ya está bien. Obedece pero al poco vuelve a empezar.

Interrupción. Barcelona. Cuando me da clase de árabe también se agita mucho, aunque esté en la silla. Se rasca, golpea el suelo con los pies, se revienta granos. Desde luego, es su forma de ser, aunque a mí me choque que a los veintiséis tenga aún trazos tan infantiles: como la mayoría de sus coetáneos, Manuel parece llevar aún plastilina en el bolsillo. Pero está mucho mejor que en Beirut; come regularmente, me dice, se asea y se echa colonia, aunque pese a ello percibo en torno a él como una aura de aserrín de zoológico. No se lo digo porque se enzarzaría en una interminable diatriba contra los humanos que se creen libres por no estar enjaulados y sobre la agradable risa de las hienas. Creo que ha pactado una tregua consigo mismo, como yo, por lo menos hasta que pase el verano. Entretanto lo observa todo, devora los libros de mi biblioteca, perfecciona su catalán —que debe de ser el sexto o séptimo idioma de entre los que domina y gracias a los cuales también se esconde— y aguarda. Hablamos poco de Beirut, de nuestros respectivos regresos. Él tiene que encontrar un empleo allí en cuanto pare la guerra, si es que para, y meterse de lleno en su tesis. Hablamos poco, pues, de si el horror que nos vemos obligados a seguir por la televisión va a continuar e incluso acrecentarse, de cómo se reharán los libaneses del daño ya sufrido. Yo a veces me derrumbo. Pero los dos disimulamos. Si va a llegar y estoy llorando pongo un DVD y le digo que lo que me emociona es la muerte del último dinosaurio —con la voz de Sean Connery— en un filme para críos; él hace como que se lo cree, o a lo mejor es que no se entera, o que no le importa, o que si le importa no lo sabe expresar. Cuando le pregunto cómo se encuentra responde en catalán, como si fuera en broma, para distanciarse: «*Ja ho veus... Anem fent.*» Ya lo ves. Vamos tirando. Supongo que me tolera porque le recuerdo Beirut y porque esta adulta a veces deprimida, a veces gruñona y siempre bastante impulsiva en que me he convertido llena un par de horas de su tiempo. Y porque le pago las lecciones. Con lo del zoo no creo que vaya muy lejos. A mí me da igual. La ternura que siento por él desde Beirut y con Beirut no es, en la madurez, un sentimiento que necesite grandes atenciones para mantenerse vivo, y es una emoción capital, porque me distingue de Manuel, de los jóvenes que lo dan todo por ganado y por merecido. No espera nada, mi ternura de hoy. Y es gratuita, aunque no tiene precio.

En un Beirut que cambia a cada hora, Manuel ya no vendrá a trabajar para mí durante buena parte del día, como solía hacer. Ha encontrado algo que necesitaba con urgencia: una forma de ser útil. Conmigo lo era, y mucho. Permanecía pendiente de las noticias, las traducía, hacía lo propio con los periódicos, se enteraba de todo, me ponía en contacto con gente interesante para mis notas. Se esforzaba mucho en cotejar los datos, en que la periodista fuera fiel a la verdad. A veces editaba mis textos: tengo mis vicios, mis comas mal puestas, y él es un lingüista meticuloso que escribe muy bien. Pese a su aspecto aniñado, en esos momentos parecía muy mayor y hacía que me sintiera secretamente orgullosa de él. Pero ahora lo estoy porque trabaja para los refugiados del sur que han acampado en el parque de Sanayeh, el único espacio verde público de la ciudad, que hasta hace unos días era sólo refugio de niños en vacaciones, ancianos y palomas, y de cuya verja de acceso, durante la otra guerra, colgaba un cartel que prohibía entrar con armas. Volviendo a esa ONG improvisada, un grupo de jóvenes imbuidos por el afán de la solidaridad han conseguido que les dejen una vieja casa árabe situada enfrente del parque. Desde allí, esos chicos y chicas llegados de todo Beirut —algunos no han tratado nunca con un chií del sur— localizan alojamientos libres y colocan a la gente que va llegando, les dan comida y ropa, medicinas, lo que pueden. Quienes tienen coche lo ponen a disposición de la causa. Esta generosidad anima a Manuel, que prepara bolsas de alimentos y de medicinas durante horas y horas. En adelante dispondrá de poco tiempo libre, pero me dedicará lo que pueda. A toda velocidad cumplirá las tareas que le encomiende. Me dirá que termina con la espalda rota de tanto cargar cajas, pero estoy segura de que ese dolor le gusta. Esto resolverá, pienso, los días que le quedan hasta que le convenza para que se apunte a una evacuación conmigo. Duda, espera que, de un momento a otro una resolución de la ONU detenga el horror. Es un inocente.

Por el contrario, quienes somos lo bastante mayores para recordar la otra guerra sentimos un pesimismo atroz. No voy a decirle a Manuel que los signos de cierta vitalidad —el hecho de que abran las tiendas, que a él le estimula— suponen, más que un acto de resistencia, un gesto de resignación. De acomodo. ¿Qué otra cosa pueden hacer? En esta guerra no hay posibilidad de acción defensiva alguna, Hezbolá combate a los israelíes y éstos intentan machacar a todo un pueblo. Manda la impotencia. Uno permanece atento al número de muertos y de heridos que va proporcionando la versión oficial. Uno espera que las bombas no alcancen su distrito. Uno huye de los suburbios peligrosos en donde habita y le pide al dueño del comercio en el que trabaja que le permita dormir bajo el mostrador. Uno abre la tienda a la mañana siguiente, con el día anterior marcado en el rostro, y atiende a la poca clientela que acude. O uno es alcanzado por un bombardeo mientras duerme con su familia, y se acabó.

De la pantalla de los televisores brotan imágenes que parecen sacadas de una película de Hollywood. Barcos estadounidenses. Los marines han vuelto a Beirut veintitrés años después de que tuvieron que irse, tras el ataque suicida con un camión cargado de explosivos que destrozó su cuartel general en el 83 y mató a 240 militares. Ahora rescatan a los sesenta mil ciudadanos de su nacionalidad que se encontraban en el Líbano. No tenía ni idea de que hubiera tantos, ¿serán espías? Unos cuantos, supongo. Lo cierto es que muchos son de origen libanés y estaban aquí de veraneo. Las evacuaciones estadounidenses aquí, modélicas: nada que ver con lo que hicieron en Nueva Orleans. Se han traído todo tipo de artilugios, sillas especiales para los mayores e impedidos, etcétera. Los beirutíes contemplan con sorna el despliegue. Van a tardar unos días y luego vendrá lo más duro de la guerra, eso está claro. En cuanto no haya amigos que puedan resultar víctimas colaterales de la masacre central de civiles, Israel se dispondrá a invadir el sur por tierra, si es que se contenta con eso. Algunos canales se apresuran a enseñarnos los tanques del Tashal que aún están en la frontera, presentándolos como la avanzadilla del ejército de tierra que ha prometido aplastar a Hezbolá. Al Manar, la televisión de la guerrilla, lo desmiente. Y Al Manar es seria en estas cosas.

MIÉRCOLES, 19 DE JULIO. LA FARSA

He hecho las maletas. A media mañana ya habían bombardeado el norte, el este y el sur del Líbano, han muerto civiles a docenas. En Ashrafieh, el barrio cristiano que se encuentra al otro lado del puente de Fouad Chehab, les han dado un buen susto lanzando cuatro misiles a un aparcamiento donde sólo había inocente maquinaria de perforación. La confundieron con un lanzacohetes. No se ponga un gorro, señora. Podrían tomarla por una base de misiles tierra-aire. Están acercándose a la ciudad, demostrándonos que nadie se halla a salvo.

Pues yo me largo. No lo hago por miedo. No quiero ver nuevamente cómo lo que más amo de esta ciudad se derrumba. No la quiero ver entregada. Y ha amanecido exánime, vacía. Los comercios que permanecían abiertos han cerrado sus puertas. Nada en las calles, excepto este maldito olor a guerra y muerte.

Cuando Manuel llega para trabajar conmigo

aprovechando que tiene un rato libre, le doy la noticia. Nos interrumpen desde recepción, tengo a un miembro de la embajada al teléfono. «Salga ahora mismo para el puerto, quédese delante del edificio del Fórum y espere un coche con la bandera española. Un buque británico ha aceptado también a gente de otras nacionalidades. Llegarán a Chipre dentro de cuatro horas y media, es una oportunidad única.» Le digo que de acuerdo: «Sube conmigo a mi habitación, me ayudarás a distribuir lo que dejo», le ordeno a Manuel, pero parece que se ha quedado de piedra ante mi marcha y me sigue con dificultad, arrastrando los pies. Ya en la habitación permanece inmóvil. Cierro el maletón que suelo facturar —no razono, estoy histérica, lo sé— y la bolsa con ruedas que acostumbro a llevar en el avión. Aun así, y aun prescindiendo de casi todo lo que una mujer no precisa, no me cabe algo muy necesario: libros, periódicos atrasados, documentación. Los meto en una bolsa de plástico. Manuel sigue silencioso y hierático, supongo que aún no ha asimilado la novedad, y ni siquiera toca los libros que no puedo llevarme y le regalo. Pero su pétreo aspecto no se debe, presumo, a que siente mi marcha, sino a que otra seguridad cotidiana desaparece. Y a que la palabra «evacuación» es el equivalente de su ser o no ser, y el hecho de que yo la haya planteado tan brutalmente le recuerda que algún día tendrá que decidir su huida de este país.

Pago, me despido rápidamente de mis amigos del hotel, a Tomás le digo adiós por teléfono. No quiero llorar, es mejor así, a tomar por saco. Que se quede atrás el Líbano con su drama, yo no puedo más, no puedo más, no puedo más. Un Nuri que no entiende nada me lleva rápidamente hacia el puerto. Los pocos automóviles que se atreven a salir conducen a una velocidad suicida. Es un día terrible.

Al llegar al Fórum, un soldado libanés destacado para controlar bajo instrucciones británicas me informa de que con semejante equipaje no embarco ni de coña. Nuri se echa a gritar y desempolva su viejo repertorio de defensa de la gran periodista occidental (menos mal que ya ha dejado de decir, creyendo hacerme un favor, que trabajo para Associated Press), pero yo grito más y consigo acallarle y que me ayude a vaciar mis maletas. Meto en la grande todo lo que no necesito: allí, bajo la solanera, me doy cuenta de la cantidad de cosas inútiles que aún arrastro. Le digo a Nuri que guarden la valija en el hotel para cuando regrese, si es que lo hago: en esos momentos pienso sinceramente que no, que nunca jamás. Con lo imprescindible metido en la bolsa de ruedas y todo el material de documentación en la de plástico, regreso al puesto de control y el libanés sonríe a dentadura completa. «¡Si todos fueran como usted!» La explanada por la que se llega al Fórum está salpicada de objetos personales abandonados por los que huyen. Parece un campo después de la batalla y, en cierto modo, lo es. La lucha por la supervivencia en una de sus manifestaciones más humillantes. En la puerta me dicen que si soy española tengo que volver sobre mis pasos y esperar más allá del control. «Podrías haberlo dicho», reprendo al soldado, pero amistosamente, no vaya a ser que...

Entonces llega el coche de la embajada española. Los dos amables personajes que descienden y que pertenecen al servicio de seguridad sacan del auto una mesa plegable y una banderita portátil. Ya está. La delegación de mi país, en su esquina. Por lo visto los ingleses no permiten poner una bandera más grande y eso tiene cabreados a los caballeros españoles. Uno de ellos me ofrece agua, un bocadillo. No, gracias. Él come con apetito, los pobres no paran de trabajar, estos días. Un rato largo después me acompaña a donde el soldado libanés, que me reconoce por mi exiguo equipaje y me alegro de ello. Es algo que en este tipo de situaciones se busca con obsesión: alguien que te recuerde, no ser un número más, un bulto en movimiento.

Penetro en el Fórum y mido el alcance de mi desolación. Imagínense entrando en el Palacio de Congresos de su ciudad y verlo repleto de familias apretujadas o abrazadas, de equipajes tirados por los suelos y de militares libaneses armados, mientras oficiales británicos —también armados, pero con menor aparatosidad y mayor eficacia— vigilan a los vigilantes y a todos en general. Me desplomo en una de las sillas de plástico blanco colocadas de cualquier manera: como si aquello fuera un inmenso salón deshabitado al que unos empleados carentes de sentido de la orientación han dotado de asientos que lo mismo se dan la espalda que se alinean como si fuéramos a ver una película. Hay agua a discreción, pero yo llevo la mía en el bolso. A ver cuánto dura esto.

En la inmensa nave hueca del Fórum, equipada para que los conferenciantes se luzcan y sus voces alcancen el último rincón, los gritos de los niños cansados e histéricos se mezclan con el llanto de los bebés, y sus lamentos resuenan en el espacio abovedado como un quejido animal. Cerca de mí, una mujer velada intenta darle el pecho a su hijito. La delicadeza del gesto se me traba en la garganta. Poco a poco entablo amistad con otra familia, les hago fotos. Se establece la mecánica de la espera: hay chiquillos que juegan y corretean, hombres que reparten comida y agua, mujeres que duermen con la cabeza apoyada en el hombro de su pareja. Existe una intercomunicación entre ellos, un propósito común, algo que los une y a lo que me siento ajena. Ellos se quieren ir. Yo no. Cretina de mí, ¿qué estoy haciendo?

No obstante, sigo con mi propia mecánica. Aviso a la redacción de Madrid, me dan el teléfono del compañero que cubre la información en Chipre, le pido a la agencia de viajes del periódico una habitación para dormir esa noche en Nicosia y un vuelo desde Larnaca a Madrid para el día siguiente. Y lloro. Lloro porque pienso, ah, sí, pienso —he salido de la acción, soy una fugitiva cuya sola función consiste en pensar—, y al hacerlo, recuerdo.

Hace cinco o seis años, durante uno de mis septiembres en el Beirut de la reconstrucción, David Boudargham, joven y atractivo jefazo del hotel Cavalier, se me acercó entre divertido y asombrado. «Ayer la vi por la calle. Iba usted por la acera haciendo equilibrios por el bordillo con los brazos abiertos y canturreaba. Llevaba un ramo de flores en una mano. ¿Por qué?» Estoy segura de que el hombre se preguntaba si mi comportamiento correspondía a una costumbre española o era que, sencillamente, mi cabeza no regía bien. «Me alegra tanto ver a Beirut entera, que este país ya esté en paz.» Me dio las gracias.

A principios de otro septiembre, Nadim y Wafa, que son drusos como casi toda la gente del Cavalier —aquí se reverencia a Walid Jumblatt—, prometieron llevarme a la boda del hijo de mi antiguo chófer de la otra guerra, Sami, el amigo de Nuri que murió en la paz de cáncer de pulmón. Eso fue a principios de aquel septiembre. «La celebraremos el próximo domingo», dijeron. Pasó aquel fin de semana y pasó otro. Al final le pregunté a Nadim por la boda. Hizo una pausa libanesa —pensaba a toda máquina, y yo deduje que se le había olvidado— pero, de pronto, se le iluminaron los ojos: «¡El domingo que viene!» Contenta, hice los preparativos. Wafa me llamó para saber quién me haría el *estilismo.* «Yo misma.» «Ah, vaya», se sorprendió. Me compré una revista de bodas y banquetes y casi me desmayé. Yo no tenía en mi maleta nada que sirviera para *aquello.* Improvisé. Me cardé el pelo como en los sesenta y me puse encima de mi mejor traje de tarde la mitad de la bisutería que siempre arrastro conmigo (está en la bolsa de plástico, junto con los papeles y periódicos que he rescatado para la evacuación). Ésas fueron mis trazas para la primera parte de la boda drusa, que consistió en un par de horas de festejos a la novia por parte de las mujeres, en una gran tienda montada en el jardín. A continuación entraron los amigos del novio, cargando con el susodicho y bailándolo: una banda de timbaleros ponía la música y unos jóvenes vestidos con trajes típicos —unas camisas blancas como de espadachines, que es lo que eran— blandían sus sables al ritmo de la música. La novia, guapísima y con el estilismo galvanizado, se sentó en una silla de plástico como la que yo ahora tengo bajo mis nalgas, tras lo cual fue alzada por parte de los amigos del novio, y así, ambos en alto, danzaron y danzaron. El novio también esgrimía un sable. Luego fuimos bailoteando hasta los coches y tras unas vueltas por las montañas del Chouf llegamos a la sala de ceremonias, en donde una especie de cura suyo los casó en un lapso de tiempo asombrosamente breve. Nuevo bailongo por las calles, y todos a casa, a reposar y prepararnos para la segunda parte —y más larga— de la ceremonia. Yo me había comprado en una tienda india un vestido gris oscuro, ceñido, largo y completamente recubierto de pedrería. Me fatigaba mirarlo. Pero me lo calcé valerosamente y añadí a la bisutería de la tarde la otra mitad que aún llenaba un cajón. Me remaquillé, recardé mi pelo, acabé con la capa de ozono a fuerza de laca y, ea, me cubrí con un echarpe, entre oriental y de diseño, adquirido en un comercio de artesanía: el mismo que sufriría grandes daños el 14 de febrero de 2005, cuando el auto de Rafic Hariri saltó por los aires a pocos metros de la tienda.

Mi llegada al hotel donde se celebraba el banquete fue saludada con aplausos complacidos por parte de la familia del novio, la familia de la novia y el resto de los invitados. Pasé una noche deliciosa. Agotadora, pero deliciosa. He olvidado añadir que aquella boda no era la del hijo de Sami, sino la del hijo de un conocido de Nadim, Ussam, gran constructor de chalets en las montañas. Mis amigos se habían olvidado de llevarme a la otra y ahora lo compensaban invitándome a la de unos desconocidos. Estas cosas, hermana, sólo te pueden suceder en el Líbano, un país que nunca deja de sorprenderme.

Los niños corretean alrededor del hangar, cada vez son más y parecen más cansados pero juegan automáticamente, como si admitieran su parte de responsabilidad en el esfuerzo colectivo de resistir. Británicos puros y franceses han embarcado ya. Los británicos de origen libanés y aquellos que pertenecemos a otros países permanecemos a la espera.

Mi cuerpo espera. Mi mente vuelve atrás.

Pasan las horas igual que caen mis lágrimas, con lentitud, concienzudamente. Por pasar, pasan hasta tres psicólogos militares británicos que se sientan junto a mí y me preguntan si me ocurre algo. Les digo que lloro porque me voy y no lo entienden. Lo normal es que se lamente quien tiene que quedarse en este infierno.

Cuando, por fin, por los altavoces —en un inglés muy fino, desde luego— se nos comunica a los no embarcados que se nos evacuará en otro buque porque los israelíes han decidido que a partir de ahora no va a haber seguridad, me levanto como un rayo y me dirijo a la salida. Tengo sed de Beirut, hambre de sus calles, necesidad de mi gente de allí. Siento miseria de mí misma. De esta farsa.

Por eso llamo a Nuri y éste reaparece como si hubiera estado aguardándome a cien metros, con su hija Suhayla y una sonrisa de oreja a oreja, como la mía. Musita sin parar: «*Welcome, miss Maruja, welcome.*» Y me conduce a mi hotel a toda velocidad.

Interrupción. Barcelona. Dice Manuel que aquella misma noche le envié un mensaje —guarda todos los que recibió y puede que hasta los que mandó, no sé si como recordatorio de aquellos días o porque es así, minucioso como un bibliotecario; o como un memorialista—, anunciándole: «He vuelto para quedarme.»

Golpes tímidos en mi puerta de mi nueva habitación del hotel. Es Hanna, la doncella, una mujer joven y ya gastada, más cetrina y ojerosa que nunca. Ha venido a devolverme lo que le regalé esta mañana porque no me cabía en la maleta. Le digo que puede quedárselo, pero insiste y no quiero ofenderla. «Nos lo repartimos», propongo, y eso le parece bien. Me quedo con una crema hidratante en la mano, sin recordar ni para qué sirve. Ha sido un día muy largo.

Pero en el Líbano, en Beirut, estos días de verano no poseen medida real, sino sobrehumana. Son días hondos, en cuya profundidad tu corazón se despeña a trozos.

MARTES, 18 DE JULIO. GENTE DEL BARRIO

Interrupción. Barcelona. Ha salido Ahmed en las noticias de TVE. Ahmed: el empleado de la tienda de fotografía de Hamra, la primera de las dos que hay, pegadas una a la otra, en la acera izquierda según se va a Manara, entre la iglesia capuchina a la que asisten las criadas evangélicas —aunque católica, la parroquia ha abierto una sección multirracial y multicristiana para el abundante personal de servicio que trabaja casi en condiciones de esclavitud— y el Wimpy's, en donde un resistente se voló en el 82, llevándose por delante a unos cuantos ocupantes israelíes.

Clamaba Ahmed su indignación contra la indiferencia del mundo para con su pueblo y, la traducción salía en un cintillo en la parte inferior de la pantalla. Al menos está vivo, suspiro. *Tonino*, mi perro teckel, me ha observado atentamente para ver si su intervención era necesaria. Siempre que me ve triste apoya su cabecita en mi rodilla y me mira como diciéndome que está conmigo. Ahora me ha sentido suspirar

—no oído: sentido— aliviada y él vuelve a relajarse en su cojín.

Ajena al desánimo que me conducirá a la farsa del día siguiente, a la por fortuna fallida evacuación marítima, me dirijo con Tomás y Manuel a inspeccionar colegios y otros edificios en donde han sido instalados parte de los refugiados chiíes que huyen del sur. A estas alturas de la guerra se da la cifra de medio millón de desplazados. Serán casi el doble cuando se alcance la tregua.

Policías que controlan las entradas, colchones amontonados en las terrazas y apoyados contra los cristales. Hombres y mujeres, acodados a los balcones, muy quietos. Hay una distancia sideral entre ellos y nosotros, ellos y la ciudad matriz que no ha sido tocada más que en su moral y en sus comodidades pero que sólo ha visto la destrucción y la sangre en las pantallas de los televisores. El cerco mental y la huida real. Los supervivientes del horror nos contemplan desde los balcones de los hasta ahora cándidos colegios que esperaban el inicio del curso, el retorno de los niños. Pero la vida ha sido suspendida. No pensar, no pensar.

Nos acercamos a las estribaciones de Ashrafieh, el barrio cristiano en donde vive Manuel en un apartamento prestado. Entre nosotros existe un agujero generacional insalvable, y también geográfico. Tomás y yo nos sentimos intranquilos, a disgusto, en este distrito que nos recuerda demasiado que desde aquí los milicianos maronitas y sus aliados aplaudieron la ansiada llegada de los carros de combate de Israel, en el 82. No sólo asistieron, contentos, a la expulsión de la OLP, sino que celebraron el asedio del Beirut oeste musulmán, el bombardeo de parte de su propia ciudad. Aquí se vivió con entusiasmo la masacre de Sabra y Chatila, perpetrada por las milicias cristianas bajo la supervisión de los hombres de Ariel Sharon, entonces ministro de Defensa, a cuyo cargo estaba la invasión.

Nada más entrar en el barrio, un soldado que monta guardia en un cuartel ve mi cámara y se apresura a retenernos hasta que venga el capitán, dice que pronto. Tomás se pone frenético. Manuel, suavemente, habla con el militar en árabe. «¡No le des explicaciones! ¡No les hables, que es peor! —grita Tomás, cada vez más subido de tono—. Nos van a tener horas aquí bajo el sol, ¡es lo de siempre!» El soldado es un chico de las montañas como los otros a los que Israel ha bombardeado hace poco en una guarnición del norte, sin darles oportunidad a defenderse. Para estos pobres muchachos, en estos momentos, acatar órdenes representa una forma de supervivencia. Y cazar espías seguramente les produce la impresión de que realizan un trabajo útil para su patria. He dicho espías: es lo que piensan que podemos ser los periodistas. En ocasiones, no les falta razón. Hay gente que informa a los israelíes, que señala blancos. Pero Hezbolá, en el sur de Beirut, lo hace mejor que los soldados: incauta los teléfonos por satélite y nos deja en paz. Por eso cuando vamos a Dahiyeh lo más que nos llevamos los periodistas es el móvil, y sólo tememos a las bombas de Israel.

Permanecemos bajo el sol implacable y este chico no deja de manosear nuestros pasaportes, nuestras acreditaciones. Y el capitán no llega. «¿Dónde se ha metido el capitán?», preguntamos. «¿Qué capitán? —interviene otro militar, receloso—. ¿Por qué quieren hablar con el capitán?» «Nosotros no queremos, ustedes quieren.» Abatida, me doy cuenta de la facilidad con que puede abducirnos la extravagante lógica militar. Somos sospechosos de todo. Hasta que Tomás, en un genial ataque de genio, lanza una parrafada acerca de la embajada española y, por lo bajo, me pregunta si tengo a mano el número de Jesús Santos. Se lo marco, no está, pero Yola, la eficaz secretaria del embajador, sale en nuestra ayuda. Gracias a ella el propio capitán se pone al teléfono, se convence de que reunimos todos los requisitos y nos suelta. Uf.

Tomás no deja de despotricar contra Ashrafieh, yo trato de limar su aspereza porque sé que Manuel —que guarda un juicioso silencio, sentado en el coche junto a Nuri, sumido éste en su feliz sordera— ama este barrio, vive en él y conoce a gente distinta y mejor de la que conocimos nosotros. Su generación tiene otras experiencias, igualmente respetables.

Propongo que tomemos una cerveza en el hotel Alexandre. Gran idea. Frecuenté este hotel en los últimos años de la otra guerra, cuando tenía que pasar al este y me quedaba a dormir, inmovilizada por el toque de queda. Aquí padecí uno de los peores bombardeos sirios de la primavera del 89, tumbada en el suelo del guardarropía, abrazada a la señora que lo atendía y a sus hijos. Hoy ya no se ofrece tal servicio —el de guardarropía—, las instalaciones remozadas aparecen desiertas y los empleados atienden con indiferencia a un tipo que quiere pagar su cuenta. Una señora muy bien vestida, sentada en uno de los sofás del vestíbulo —entre arreglos artificiosos de flores artificiales—, aúlla por teléfono las preguntas que solemos plantearnos todos, de un punto a otro de la ciudad: «¿Qué hay de nuevo? ¿Ha pasado algo? ¿Va todo bien?» Tras las cervezas, Tomás expresa su deseo de volver corriendo a Hamra y yo me sumo a él. Otra cosa que Manuel nunca podrá sentir, aunque lo entienda. Que Hamra es nuestro hogar, que sólo con acercarnos a sus límites —la sede del Banco Central, el Ministerio de Información— nos encontramos ya a salvo. Es una condición del alma: Hamra nos protege, creemos, estamos convencidos. Hamra es para mí como el rincón de la máquina de coser del piso en el que crecí, y del que me decían

—del rincón, de la vieja Singer— que durante la guerra nuestra familia se salvó de los bombardeos porque se escondía allí. Les daba suerte.

De modo que, después de dar una vuelta por la plaza Sassine, símbolo del maronismo en vena, con efigies de sus jefes siempre enfrentados: Gemayel, Gagea, Aoun —se me pone carne de gallina—, Manuel se queda en su Ashrafieh, el que ha creado y ganado desde que vive en Beirut; y que le aproveche. Los otros corremos hacia nuestras casas. Yo a mi Cavalier, Tomás a su piso del edificio Saad, en la calle Baalbek, junto al hotel Commodore, y Nuri a su hogar de Manara.

Me tranquilizo, me refresco y salgo. Necesito pisar Hamra, sentir el calor de su asfalto en los pies. Muy cerca, observo que el cajero automático del BLC Bank ha perdido los aditamentos que tanto me inquietaron a primera hora de la mañana, antes de nuestra expedición a Ashrafieh: la mujer de la limpieza —tan poco serena como nosotros estos días— había abandonado un plumero, un paño y un frasco de detergente en la capilla del dinero. Ahora no hay trastos de limpieza, pero tampoco quedan dólares. La moneda americana es lo primero que se esfuma, y en eso esta guerra no es una excepción. A los euros no se acaban de acostumbrar o, avispadamente, los cambian a precio de dólar; y a pesar del antiamericanismo reinante, la confianza en los retratos de Benjamin Franklin nunca decae. Es muy libanés: confianza en el vencedor, en su vencedor, que revela un profundo escepticismo acerca de su propio destino. Y además, menos el chiísmo radical, aquí siempre se admiró a Estados Unidos: la inmigración hacia aquel país ocupa el primer puesto en su interminable éxodo.

Hoy no es el mejor día para reconfortarse en Hamra. Los pocos tenderos que han abierto sienten que ha llegado la derrota. Pero Ahmed, el dependiente del comercio de fotografía, ha reabierto la tienda. Vive en Dahiyeh y sigue durmiendo allí, soportando los bombardeos que van arrasando el sur de la ciudad. Los propietarios no se han atrevido a acudir. Se dan muchos casos así: empleados fieles que custodian lo que les deja el amo. Sirvientas, camareros, dependientes, jóvenes vendedores de periódicos. Aguantan lo que pueden, como pueden. Ellos son parte del espíritu de Hamra.

Pero Marwan no se encuentra en su peculiar comercio. Es una larga historia. Le Parfum —al vetusto letrero sólo le queda la U, el resto hay que deducirlo por ausencia— debió de ser una *boutique* de lujo en los tiempos en que Hamra —años sesenta— era una de las calles más hermosas y animadas del mundo. Hoteles, todo tipo de tiendas, sobre todo joyerías y salones de modas con nombres franceses —Le Carate, Plaisirs de Femme—, y también una vida nocturna muy alocada, de la que quedan vestigios tan arruinados como el rótulo de la tienda de Marwan, fabricantes de cinturones y bolsos de piel de serpiente y vendedores de lencería para putones verbeneros que —de forma comprensible: hay que luchar contra las otras tres posibles competidoras nupciales— adquieren las esposas del integrismo que en la calle visten como ataúdes con sayas.

Durante mucho tiempo viví en la creencia de que Le Parfum había sido abandonada por su dueño en un día especialmente duro de la guerra, en los setenta, y que las mercancías que vegetaban en el escaparate, cubiertas de polvo —bisutería con cierto prestigio trasnochado en sus estuches añejos, gafas de sol enormes con montura blanca, como las que exhibía Grace Kelly en *Atrapa a un ladrón*—, eran lo que restaba de un derrumbamiento. Sobre el mostrador había un periódico atrasado y abierto cuya fecha nunca pude descifrar: como si la persona que lo estaba leyendo se hubiera tenido que marchar al enterarse de algo insoportable. Pero esta imagen es falsa. En aquella Beirut carente de los beneficios de la tecnología actual te informabas de lo insoportable gracias al retumbar de los proyectiles o al boca a oreja de los vecinos. Los periódicos que conseguían salir a la calle —algunos lo hicieron día a día, aunque fuera con cuatro únicas páginas— se limitaban a confirmar, al día siguiente, la realidad que ya había cambiado o borrado la existencia de la gente, su aspecto o su actitud.

En una de mis visitas a la ciudad, ya en tiempo de paz, me sorprendió una novedad. La tienda continuaba vacía y polvorienta y el periódico del mostrador seguía abierto... pero por las páginas deportivas y con la foto de un futbolista que en los setenta aún no había nacido y en los ochenta seguramente recibía educación primaria. Los vecinos me contaron vagamente que el dueño sólo pasaba temporadas en la tienda. Al parecer, no estaba muy interesado en vender sus mercancías, y mucho menos en renovarlas. Demonios, qué intriga. Me dediqué a espiar, remoloneaba por los alrededores fingiendo que buscaba un par de zapatos —calzado de Beirut para mujer: podría escribir un ensayo sobre sus redundancias obsesivas—, o un perfume. Un día casi me di de bruces con el misterioso propietario, que salía de su tienda como un ogro bonachón que abandona la caverna, una especie de Shrek con cadenas de oro al cuello. Era corpulento y cincuentón. Echó a andar calle arriba con agilidad. Le seguí mientras pude, pero le perdí en un recodo. Años más tarde utilicé la tienda —o más bien la galería en donde se encuentra— como escenario de un episodio sexual entre dos personajes de *Hombres de lluvia.*

Hace una eternidad —días antes de esta guerra—, mientras paseaba como turista sorprendí al hombre en su comercio, sentado ante el mostrador, leyendo un periódico del día. Entré y se lo conté todo —excepto el polvo de otro carácter menos polvoriento que Valeria y Michel compartieron delante de su negocio—, y él, en un castellano perfecto, me informó de que llevaba años viviendo en Marbella, jubilado. «Vengo aquí de vez en cuando, sobre todo en verano, de vacaciones, y acudo a la tienda porque esto es mi despacho, aquí recibo a mis amigos, hablamos de la vida.» Le pregunté por la situación política —esos días, para variar, los líderes se enzarzaban más que nunca en sus vocingleras diatribas— y respondió que el Líbano siempre ha sido igual. «Desde que era pequeño recuerdo estas discusiones, estas amenazas. No pasará nada. Anda, te invito a mi casa de Manara, tengo piscina.» Le dije que otro día, y ya no dio tiempo.

Y Le Parfum vuelve a estar vacío, con un periódico atrasado abierto sobre el mostrador cubierto de polvo.

Así es Hamra. Muchas vidas, muchas novelas.

LUNES, 17 DE JULIO. SEXTO DÍA

En la televisión del hotel pasan unas imágenes del presidente de Estados Unidos, George W. Bush, que le pide algo al camarero mientras habla con la boca llena. No, perdón, no es el camarero: es el primer ministro del Reino Unido, Tony Blair. En mangas de camisa, inclinado y obsecuente. Bush Jr. podría estar encargándole más galletas o más hamburguesas o lo que sea que come y con lo que nunca se atraganta lo bastante. Pero no, también ahí me equivoco. Lo que el presidente desea es presionar a Siria para «que deje de hacer esta mierda». La palabra *shit* unida a sus movimientos de lengua adquiere una pastosidad de sangre coagulada. Su mirada tan determinada como obtusa congela el ánimo. Es lo malo de la televisión por satélite, que mientras se sufre la guerra hay que aguantar ver las jetas de quienes la organizan y la consienten. Al menos los galos no tenían delante todo el santo día el rostro del emperador de Roma. Aquí, entre amenazas, nos chupamos las viriles carreras de Ehud Olmert y sus ayudantes por los pasillos del endurecido corazón de Israel.

Una quincena de personas han muerto en los bombardeos de hoy en el norte, entre ellos nueve soldados de una base. Los cazan como a conejos. En Zahlé, ciudad del valle de la Bekaa, diez personas han perecido por las incursiones de los cazas enemigos. Matan en el sur al menos a una docena más. Al final del día contaremos cerca de sesenta y habrá centenares de heridos.

Las imágenes que llegan desde Tiro, de donde la gente intenta huir con pocas probabilidades de éxito, son espeluznantes. Los árabes de todo el mundo pueden verlas al mismo tiempo que yo, en sus canales por cable, pero son Al Jazzira, con base en Qatar, y Al Arabiya, con sede en Dubai, las emisoras que se reparten mayoritariamente las audiencias. Analistas, debates y programas especiales se ven interrumpidos por los hechos, los violentos hechos. Hay mucha retórica en las palabras de los participantes en un foro u otro, en los discursos de los políticos que hablan desde escondites desconocidos. Pero los hechos: la realidad tozuda. Algunas imágenes de mutilados resultan insoportables.

No creo que sea a esto a lo que alude el presidente Bush cuando habla de «esta mierda». Esta mierda de exterminio de la población civil libanesa es cosa de Israel, a quien nadie quiere detener y que no caga mierda, sino bombas.

En Sanayeh, el único parque público de Beirut, se apelotonan hoy libaneses que viven en Alemania y pasaban sus vacaciones con sus parientes cuando les sorprendió la guerra. Han sido citados aquí por la embajada germana para proceder a su evacuación. La mayoría han llegado en autobuses, huyendo del fuego del sur. Rostros señalados por lo que han visto y por las dificultades del camino. Mujeres libanesas que a fuerza de vivir en Europa han acabado aplicándose el tinte de pelo casi albino de las rubias alemanas recuperan en la crudeza de este día caluroso, manchado de polvo y sudor, el neto diseño de sus rostros orientales. Pómulos fuertes, barbillas marcadas, bocas grandes y bien dibujadas. Pliegues recién formados se juntan en la frente con los que tenían antes de esta pesadilla y se precipitan, deteniéndose en el puente de la nariz, formando un dibujo de nido de abeja. Vinieron para permanecer durante un mes o dos en su tierra natal, aquella a la que siempre regresan aunque su destino los espere en una fría ciudad alemana. El Líbano es el país que no se olvida. Ahora vuelven, evacuadas, al lugar en paz desde donde ellas y sus maridos e hijos envían dinero a la familia que quedó aquí, empobrecida. En adelante, van a tener que mandar más, todo lo que puedan. Sienten dolor por los parientes que no pueden huir y tristeza por esta nueva caída de su país en el enredo bélico; y el alivio de marcharse y la vergüenza de poder permitírselo. Sentimientos que puedo percibir como descargas eléctricas mientras se amontonan en las aceras que rodean la verja del parque, también repleto de refugiados venidos del campo de batalla: pueblos y aldeas de los que el brazo armado de Israel los expulsa.

Hablo con algunas mujeres. Habrán vivido mucho fuera, pero qué libanesas son. Tienen el vicio libanés de preguntarle al extranjero qué cree que va a suceder. Una me agarra por el brazo como si de mi respuesta dependiera su tranquilidad en el viaje. Le digo que el Líbano se rehará de nuevo, aprieta mi brazo con más fuerza y sube al autobús, como si mis palabras tuvieran algún valor. No espero a que los vehículos se pongan en marcha y me voy al hotel a llorar. Y a cambiarme de ropa, porque hace poco he tomado unas fotos desde lo alto de la tapia y se me ha enganchado una manga del vestido en una reja. Estas mujeres me han rodeado, me han sacado del apuro y me han cubierto con mi echarpe para que no se me viera la tira izquierda del sostén.

Es seguro que el Líbano volverá a ponerse en pie, siempre lo hace, pero no que tenga dónde caerse aunque sea más vivo que muerto; no con esta clase política inútil, vocinglera y corrupta, que sólo ahora aparece unida para culpar a Israel pero que lleva en sus tripas el germen de la disolución y el enfrentamiento. Y el dinero de los emigrados, junto con el turismo que se les acaba de arrebatar, es lo que contribuía a su economía, hoy desbaratada. El ciclo no termina jamás: esta guerra —que ojalá sea la última, aunque lo dudo— producirá una nueva oleada de emigración, como ocurrió durante la anterior guerra civil, que supuso una sangría para sus recursos humanos. Los jóvenes se precipitarán a abandonar el país, ya lo están haciendo. ¿Para qué seguir luchando? ¿Por un Líbano que siempre se balancea al borde del abismo o que, en el mejor de los casos —pongamos que se vuelva a la paz—, endeudado y anémico, saqueado por sus sátrapas, deja caer a su mejor juventud? Tomemos el caso de Mona. Tiene veintiocho años. Desde que estalló el conflicto ha perdido su modesto empleo en lo que ella llama el «departamento de comunicación de Starbucks» y que en realidad consiste en ponerse a la puerta de uno de los establecimientos de la cadena repartiendo folletos con ofertas para aumentar la clientela. Mona es una joven valiente que dejó su casa en un pueblo del norte para venir a la capital y llevar una vida independiente, lo que le ha originado el repudio de su familia, toda una hazaña, porque aquí la familia no te suelta nunca. Mona se ha de apañar sola. Hay que decir que pertenece a un segmento de la población especialmente castigado por la mala marcha de la economía y la tendencia de este país a alentar a los cabecitas a pájaros: aunque Mona es de lo más sensato de este sector, y está ya tan castigada que trabajaría en cualquier cosa. Se levanta temprano todas las mañanas. Sale a buscar un empleo con el periódico de las oportunidades bajo el brazo y empinada en diez centímetros de tacón. Es muy bajita y eso le perjudica: aquí se exige buena presencia ante todo, como en cualquier parte, pero la competencia es ardua porque las mujeres son muy guapas, como lo son los chicos. No está sola, Mona, en esta orilla del desaguadero. Beirut cuenta con un alto porcentaje de «buscadores de éxito», es la única ciudad que puede equipararse a Hollywood en cuanto a expectaciones defraudadas: todas querían ser princesas de cuatro reinos en el mar, como escribió Alfonsina Storni, pero la mayoría de los aspirantes de cualquier sexo —como en todas partes, hay más de dos sexos, sobre todo en el predio relacionado con la estética— a triunfar en el mundo de la televisión, los videoclips, la canción, la moda o el estilismo se ven descabalgados a pie de casting, si es que llegan a realizar alguno, o son enviados a la calle sin cobrar, si es que participan en algún proyecto. Hay muy poca industria y demasiada competencia, demasiada gente guapa y en el paro. Y mucho cuento de la lechera: aquí se consigue un buen coche por poco dinero porque nadie paga impuestos, y con un coche y el cráneo rapado y unas cadenas colgadas del cuello cualquiera puede alardear de tener un proyecto televisivo, cinematográfico o publicitario. Algunos incluso consiguen llevarlo a término y ésa es la gracia de la iniciativa privada libanesa, ese motorcillo que late en cada uno de los ciudadanos, empujándola a la supervivencia, arrancándola de la desesperación o, simplemente, enseñándole cómo vivir de los demás sin demasiado esfuerzo.

Pero entre los jóvenes que yo conozco, de origen modesto y demasiado débiles y también excesivamente crédulos, no hay nadie a quien le haya ido bien en Beirut durante demasiado tiempo. Unos y otros han tenido buenas y malas temporadas, momentos de euforia y momentos de depresión. Proyectos, siempre. Ganas de largarse, todos los días.

Sin trabajo y dominada por el miedo, Mona ha vuelto con su familia y les ha pedido refugio. Ni siquiera en período de crisis dejan de presionarla para que sea como el resto de sus hermanas y se case o, al menos, se quede ejerciendo de lo que antes, en España, llamábamos *solterona,* para cuidarlos. Se ha encerrado en su cuarto para no verlos, no piensa salir hasta que esto termine. A lo mejor tampoco quiere tener que darles explicaciones. Mona es una chica sensible que ha conocido la zarpa de Beirut y que todos los días se ha dado un paseo por el itinerario del fracaso.

La guerra de ahora ha hundido en la depresión

a estos jóvenes superficiales e ingenuos que creían en el bla-bla-bla libanés de ir a la última y ser los reyes del mambo. Las revistas ilustradas dan cuenta de una vida de lujo que no está al alcance de casi nadie: publicaciones a todo color pagadas con la publicidad de artículos impensables e insensatos —una auténtica orgía de diamantes—, diseñados por los creadores occidentales para sacarles la pasta a los cresos del Golfo y a sus aburridas esposas pero que encandilan a estos candidatos a la rueda de la fortuna. Rodajes de publicidad en las escaleras montmartrianas de Gemmayzeh. Fotos para la prensa internacional en los exteriores del *atelier* del mundialmente famoso diseñador libanés Elias Saab, que viste a las estrellas de Hollywood: un triunfador como querrían ser todos. Modelos de ojos atigrados y labios inflados como picos de pato, vestidas con someras prendas de tigresa y tumbadas en sofás cubiertos con pieles de tigre. Cantantes que se convierten en actores que se convierten en modelos y cuyas fotografías a gran tamaño copan todas las vallas. Ivana Trump elige Beirut para construir un complejo residencial. Y el globo se eleva. El globo publicitario, real, inmenso y amarillo que sobrevolaba el centro de Beirut hace una semana ha perdido impulso a la fuerza y ahora se encuentra aparcado cerca del puerto. Junto a un cartel que promociona lo de Ivana Trump.

Parte de este país, de esta ciudad, es un globo

desinflado en mitad de una guerra, un globo a la deriva repleto de criaturas perdidas en sus sueños.

¿Qué tienen en su favor los habitantes del sur de la ciudad, los pobres a quienes Israel pretende borrar del mapa por su condición de seguidores del Partido de Dios, de Hezbolá? ¿Su fanatismo? No: su fe. Su fe no radica sólo en Alá, no son tan simples. Su fe en el valor del trabajo, en que la decencia será recompensada con un lugar no sólo en el paraíso: con un lugar cada vez más preponderante en este mundo, que desde siempre les ha negado todo. El partido los arropa: antes, aunque no fueran militantes, eran parroquia de Hezbolá. Ahora puede que la mayoría quieran dar la vida por quienes no los abandonaron en los momentos difíciles.

Los hijos de Abed, el maître del café Gemmayzeh, al contrario que Mona, saldrán adelante. Crecieron en Sabra, en una humilde casa baja que su padre compró a su regreso de Chile, en donde pasó parte de la otra guerra trabajando, ahorrando algo de dinero y bendiciendo a Pinochet porque mantenía el *orden* en el país, mientras en el Líbano múltiples tiranuelos trataban de desgajarlo. He hablado de Abed en otro libro mío (3) pero son sus hijos quienes hoy me interesan. Trasladada la familia, de origen chií —la madre de Abed conserva aún su casa en el tradicional barrio septen-

(3) *Mujer en guerra.*

trional de Chiah—, al ultrapoblado sector de Mrejieh, cercano al aeropuerto, sus retoños han ido creciendo siguiendo el ejemplo del padre y la madre: nada es gratis, hay que trabajar, la vida requiere esfuerzo. Han podido estudiar, los hijos: los dos chicos van camino de convertirse en informáticos, la muchacha se licencia en filología francesa en una universidad de la zona. ¿Quién ha podido ayudarlos? Quien ayuda en el sur de Beirut. No el gobierno libanés, desde luego, que bastante trabajo ha tenido siempre, como cualquier otro gobierno para ocultar sus propios trapicheos, y éste, además, tiene que decidir si se reúne para decidir reunirse y ha de seguir dando el pego ante la comunidad internacional mostrándole una energía tan de cartón piedra como el Centro Ciudad de los turistas.

A esta gente buena y trabajadora sólo la ayuda Hezbolá. No es de extrañar que estén con Nasralla, y que tomen la guerra como lo que es: un proyecto de Estados Unidos-Israel para la aniquilación de quienes los representan incluso en el gobierno —Hezbolá tiene dos ministros, por ahora—, una violenta arremetida contra sus hermanos de clase y religión, contra sus vecinos, sus zonas geográficas y urbanas. El ejército libanés no baja a defenderlos, no tiene con qué. Y a muchos de los otros beirutíes no les importaría que Israel los librara de Nasralla y sus simpatizantes... Pero los invasores han volado los puentes, las carreteras, han atacado el aeropuerto, han establecido el bloqueo, han bombardeado bienes comunes, excitando un patriotismo tan superficial, me temo, como efímero.

Los hijos de Abed no se han desclasado, ni fantasean más allá de sus posibilidades. Tienen ambiciones concretas, viven en el Beirut verdadero. No hay sitio en su mundo para Ivana Trump. Ni siquiera saben quién es. Y cuando van a la ciudad que nosotros tomamos por verdadera —a otro escenario de los muchos en que Beirut despliega sus múltiples máscaras— lo hacen como si visitaran Marte o Venus. He visto a Abed, que es muy buena persona, animar como suele, por las noches, tocado con un gorro turco y agitando un bastón, los bailes de la clientela del café. Parece un presentador circense trabajando con monos: ¡Hale hop! Pero yo le conozco, he estado en su piso de Mreijeh, he saludado a sus vecinos llevándome la mano al corazón porque no tocan a las mujeres, aunque se inclinan para insinuar el deferente gesto de besar el borde de mi falda; él no es así, pero respeta, los respeta como me respeta a mí desde hace años y me abraza y me invita a platicar con los suyos.

Por la noche, cuando el café rebosa de gente que baila y bebe y ríe y le aplaude las gracias, yo he visto a Abed responderles con carcajadas, danzar garbosamente para alentar a los demás y aplaudir a las chicas más osadas que ondulan su cuerpo sucintamente vestido, le he visto jalear a los hombres de crucifijo en pecho que también mueven las caderas al son de la música. Y le he visto darse la vuelta, siempre vigilante, siempre atento al menor fallo de los hombres que trabajan para él —entre otros, el mayor de sus dos hijos varones: así contribuye a la economía familiar mientras estudia—, y su rostro cambia entonces como si se arrancara la piel. Vuelve la impasibilidad del profesional que es. A saber qué estará pensando acerca de sí mismo, de su comunidad que le ampara, de su empleo nunca lo bastante bien retribuido y de estos beirutíes inconscientes que se llenan la boca hablando de *Le Liban* y nunca han puesto el pie en el sur.

He recibido mensajes telefónicos de Manuel desde primera hora de la mañana. Me da noticias escuetas sobre la guerra —las bombas que oímos esta madrugada fueron arrojadas contra el puerto y el aeropuerto de Beirut— o sobre los esfuerzos internacionales por lograr la paz, pero ya no añade la frase con que ayer terminaba una de sus comunicaciones, al interpretar en clave optimista la agitada reacción internacional, los viajes y las declaraciones de líderes mundiales a favor de un alto el fuego: «Hay esperanza», escribía. Ya no se atreve a introducir esas palabras en sus mensajes. A primera hora de la tarde recibo otro: «Me aburro. Voy para allá.» Se aburre. El Líbano patas arriba y él se aburre. Le voy a pegar dos hostias.

PRIMERA SEMANA EN GUERRA

El miércoles suele ser, en Beirut, un día muy soso. Como ésta es una ciudad cuyos comercios cierran gran parte del viernes musulmán y también durante los domingos cristianos, el jueves se convierte en la jornada más excitante. Para unos porque resulta como el sábado de su actividad, de sus compras; la víspera de un día de mezquita, meditación y alegrías domésticas. Al final de la tarde del jueves las calles son invadidas por quienes saben que tienen veinticuatro horas de asueto por delante. Para otros, el jueves es la antesala de un largo fin de semana que pasarán en las montañas o en la playa, la ocasión de cumplir con algún compromiso establecido o de ver a un amigo antes de que salga de la ciudad.

Pero el miércoles es un día soso. No éste. El 12 de julio de 2006 no se pareció a ningún otro miércoles. Fue el día en que empezó la guerra. De madrugada, en una confusa escaramuza fronteriza,

Hezbolá capturó a dos soldados israelíes. Podría haber sido al revés. Los israelíes no tienen escrúpulos en penetrar en tierra libanesa cuando les viene en gana y llevarse a quien les apetece, ni en introducir artefactos en los afluentes de los ríos para robar lo que quieren. Esta vez la reacción de Israel no se limitó a un castigo puntual. Volaron sin vacilar las carreteras que unen los distintos sectores del sur del Líbano. En Beirut se temía una respuesta rápida y dolorosa, pero puntual, no la invasión aérea y por mar. Con el Tashal ocupado en desmembrar cruelmente Gaza, hubo quienes supusieron que seguirían las escaramuzas, las puniciones contundentes y breves, pero que pronto se abrirían negociaciones para el intercambio de prisioneros. Ha ocurrido en otras ocasiones. Pero por la forma en que Israel chulea a la comunidad internacional y a Estados Unidos otros nos temimos lo peor. Israel ya no sale de casa sin tanque o bombardero. Es un Estado-matón que se ha ganado a pulso la antipatía de la gente sensata.

Esa mañana, tras conocer la acción de Hezbolá —me telefoneó Tomás: «Olvídate de tu reportaje sobre las vacaciones en el Líbano», me dijo—, corrí al Museo Nacional, al amparo de cuya entonces maltrecha silueta tantas veces esperé, en la otra guerra, a que los soldados cristianos me mandaran a tal o cual oficina en donde me expedirían un pase para el este. El museo, reconstruido desde hace algunos años, estaba solitario: un guardia de seguridad, la empleada que corta las entradas y las chicas de la tienda de recuerdos: eso era todo. Me detuve largamente ante las piezas que más me gustan. El mosaico dedicado al nacimiento de Alejandro. Las estatuas de matrimonios, patricio y matrona sentados juntos sobre su común sepultura: olvidadas las rencillas, las traiciones, las bajezas, rescatan lo mejor de sí mismos para que el escultor les proporcione una digna inmortalidad. El soberbio coloso egipcio. La maqueta de un templo, con cifras romanas que indican las modificaciones realizadas por el arquitecto. Las vasijas de cristal fenicias. Las joyas bizantinas de mujer que los diseñadores modernos copian, llamando a lo suyo *inspiración.*

Ante la incertidumbre del presente, buscaba en el pasado una respuesta perdurable, la seguridad de que por aquí desfilaron muchos pueblos pero todos acabaron yéndose. El Líbano los echó.

Almorzamos con calma, ese miércoles, en casa de Tomás. Zeina nos sirvió sus guisos, ahora sin acompañarlos con sus acostumbradas canciones: es una chií alegre, parece napolitana. El otro invitado, el cónsul general Jesús Santos, iba y venía y telefoneaba. De vez en cuando nos daba cuenta de noticias, bulos, rumores. Aquella noche los tres cenamos en casa del médico Mahmud y de Rosa, con la madre de ésta y una de las dos hijas del matrimonio, Tagrit, que es actriz. Comimos paella, como es natural. Los españoles siempre hacemos paella en el extranjero. Deberíamos consagrar la paella como lo que nos une, por encima de lenguas, patrias y otras zarandajas.

Esa noche lo pasamos bien, pero hubo muchas llamadas para Jesús Santos, y una de ellas, de un extranjero que trabajaba para un organismo internacional en el sur, nos inquietó especialmente. Más que por lo que contó, por cómo le temblaba la voz. De miedo, dijo Santos.

Casi de manera simultánea oímos muy próximos —Rosa y Mahmud viven a la altura del hotel Marriott, cerca de la Corniche, en donde empiezan los suburbios chiíes que, en pocas horas, se convertirían en el principal blanco de guerra— tableteos de ametralladoras disparadas al aire, lanzamiento de cohetes pirotécnicos y gritos de alegría. Hezbolá celebraba la captura de los soldados. No está Israel para humillaciones, pensé amargamente mientras marcaba en el móvil el número de Carmen, mi amiga de Madrid que me da suerte, la misma a quien telefoneé en cuanto Estados Unidos invadió Panamá, en el 89. De allí salí viva. Así que le dije: «Se va a armar. Ahora irán a por el aeropuerto. Si tocan el aeropuerto es que vienen en serio.»

Nos despedimos y regresamos a nuestros domicilios. En el amanecer del jueves, la aviación israelí inutilizó el aeropuerto. La nueva batalla de esta inmensa guerra que se libra en Oriente Medio desde hace décadas tenía su escenario ahora en el Líbano, y haría retroceder al país al menos veinte años. No era un simple castigo, sino una orgía de resentimiento permitida y alentada por Estados Unidos, que no dejó de suministrar armas al representante de sus intereses en la región, a su país mamporrero, Israel, a través de un puente aéreo bendecido por otro religioso hipócrita y fanático, Tony Blair.

Interrupción. Barcelona. Mañana salgo para Madrid. El viaje de vuelta a Beirut va a ser exasperante, largo. Voy a Madrid en tren, porque el aeropuerto del Prat está colapsado. En Madrid me toca conseguir los visados y entretenerme en impacientes encuentros con los amigos de allí. Luego, el vuelo a Damasco, en compañía de Antonio Gil de Carrasco, director del Cervantes, que se reincorpora después de las vacaciones. Pasaré tres días de bienvenida molicie en Siria. Y, finalmente, el 8, ¡Beirut! Eso es lo que anticipo en casa, con la maleta ya hecha, sin cerrar. He ordenado las páginas de apuntes que hemos segregado durante las tardes de estudio con Manuel. Ésta de hoy es la última. Mi mente no está en los apuntes en árabe, sino en el cuaderno de mis notas del mes de julio. Hay una extraña incoherencia en las confusas palabras que escribí, en el trastorno de fechas, durante el período que va desde el inicio de la guerra, el miércoles 12, hasta el domingo 16. Eso era lo que sentía: confusión, incoherencia, desgarro. Incredulidad. Los días no eran días, sino sucesos, sobresaltos, personas. Personas a las que vi por primera o por última vez. Las horas no eran horas ensartadas en collares, de veinticuatro en veinticuatro, sino una canasta inmensa, desordenada, en la que había que hundir los brazos para remover a ciegas y, al sacarlos, mirarlos con alucinación, como si no fueran propios: mis brazos, mis dedos, mis horas, mi vida, mi Beirut.

Otro salto en mi cuaderno: «Domingo 16, Nuri, demudado.» El rostro alterado de Nuri, la mañana de ese domingo, mientras conduce hacia los ya bombardeados —y mucho, pero no tanto como lo serán en el inminente futuro— suburbios de Dahiyeh, en el sur de Beirut. Vamos varios colegas en dos coches, yo con Tomás. Al pasar cerca del aeropuerto divisamos una columna de humo color tabaco. Estas instalaciones, que llevan el nombre de Rafic Hariri, eran el orgullo de la ciudad. Cualquiera que haya conocido los despojos del anterior, inutilizado con frecuencia durante las otras guerras pero siempre dispuesto a rehacerse para seguir funcionando; cualquiera que haya intentado salir o entrar de Beirut en los tiempos en que la antigua carretera —la misma que habrá que tomar cuando el país vuelva a funcionar, porque la nueva autopista ha sido inhabilitada—, que cruza los suburbios, era peligrosa y teníamos que recorrerla, a veces, encogidos en el asiento de atrás: Hezbolá secuestraba a extranjeros. Cualquiera que, en los malos tiempos, haya caminado arrastrando la maleta los últimos cientos de metros previos al destartalado edificio de entonces, sometiéndose a diez o doce controles a lo largo de un chamizo en forma de túnel. Cualquiera que ni tan sólo en el aeropuerto, con la tarjeta de embarque en la mano, haya sentido la seguridad de que iba a partir; cualquiera a quien se le haya acercado un soldado y le haya arrancado el paquete de cigarrillos de un manotazo, efectuándole un arbitrario registro por si era portador de droga; cualquiera a quien, a pie de avión, todavía le haya sometido a cacheo un enésimo oficial malcarado... Bueno: si has usado con frecuencia el aeropuerto de aquellos viajes heroicos sabrás valorar el muy moderno e impresionante de hoy. Yo lo vi crecer, engrandecerse, sofisticarse; como he visto lo ocurrido con el Centro Ciudad; como he asistido a la construcción de esos edificios marmóreos e imponentes que ahora están vacíos, al sur de Ramblet el-Baida. Al poco de inaugurarse las inmensas salas del aeropuerto carecían del relumbrón de tiendas *duty free,* joyerías y otros bazares con que fueron dotadas rápidamente. Recuerdo una noche especialmente desabrida al término de uno de mis períodos de vacaciones, a finales de los noventa. Mi avión con escala en Frankfurt había sido cargado con tal cantidad de equipaje por los pasajeros precedentes que yo, billete confirmado en mano, ya no cabía. Los libaneses vienen a su tierra con una indescriptible colección de maletas llenas, y cuando terminan sus vacaciones y vuelven a la ciudad extranjera en donde residen, las mismas maletas continúan igualmente repletas y pesadas: o más. Trafican como respiran. Después de conseguir un cambio de avión decente y en vista de que quedaban varias horas por delante, me eché a dormir en el suelo —memoria de aquel mármol, de aquella noche en mi espalda—, porque todavía no había asientos en las salas de espera. Al despertar me pregunté cómo iba a recorrer los kilómetros de suelo resbaloso que me separaban de la salida de embarque. Miré a mi alrededor y obtuve una prueba del inesperado milagro libanés —su absurdo sentido de lo práctico, que tanto me gusta— en la presencia, a lo lejos, de un par de elementos de lo más convenientes: una silla de ruedas y un empleado aburrido y sin clientela. Le llamé con mi bastón —por entonces, mi pierna izquierda, sin rótula, me fastidiaba bastante y había pasado muchos días subiendo y bajando las tortuosas aceras de Beirut— y el tipo tomó carrerilla, me ayudó a instalarme y, después de confiarme, jubiloso, que yo era su primer usuario, enfiló hacia la puerta de embarque, esquivando columnas, grupos de pasajeros y rebaños de equipajes. Fue una gran demostración, a la que yo contribuí intimidando con mi bastón damasceno al personal que nos obstruía el paso.

Por esta razón y por muchas otras me resulta insoportable la columna de humo que en la mañana del domingo emerge del aeropuerto cuando pasamos por sus cercanías. Es la señal de nuestro aislamiento y también el símbolo del fracaso de nuestros políticos, los de aquí y los de allí, los de mi mundo, sobre todo —si es que mi mundo no es éste—, para impedir esta tragedia. Otra vez, otra vez, otra vez, otra vez. El Mercedes de Nuri cruje al ritmo de la letanía. Otra vez.

Seguimos a un conductor que lleva a Plàcid Garcia-Planas, a su fotógrafo Quim Roser, de *La Vanguardia,* y a Tamim. Aunque es probable que éste fuera con Tomás y conmigo. No me acuerdo, tendré que preguntárselo. En cualquier caso, a la vuelta iremos todos con Nuri, apretujados. El otro chófer sólo se ha atrevido a dejarnos ante la embajada de Kuwait y se ha largado después de cobrar. Nuri, que es un valiente sin aspavientos, nos acompaña hasta la entrada al hospital Sahel, junto a la plaza del ayuntamiento de Ghobeiry y delante del puente del aeropuerto, en la rotonda, que todavía no ha sido bombardeado: le faltan horas. Caminamos un trecho por el bulevar del imán Musa el Sadr. Si continuáramos en línea recta nos toparíamos con los restos del edificio cercano a la iglesia de Mar Mikhail, San Miguel, que fue de los primeros en caer porque Nasralla tiene allí una de sus oficinas: la iglesia resultó con daños menores.

Nos adentramos por la primera bocacalle, avanzamos en zigzag por Haret Hreik, el barrio en donde Hezbolá ha trazado su perímetro de seguridad y que es objetivo principal de las bombas que caerán en la Beirut meridional. Tomás y yo, los mayores, vamos más lentos y también somos más precavidos. No dejamos de escuchar puntualmente lo que yo llamo Radio *Retaliation*, la BBC, por si da noticias que nos deban inducir a salvar el pellejo: ataque, contraataque, revancha, contrarrevancha. No hay nada en el desolado paisaje que encontramos a nuestro paso, en la destrucción y el abandono y los cristales rotos y los coches carbonizados, no hay nada que las fotografías y la televisión no difundan hasta extenuar al público. El olor a llantas y hierros quemados y al polvo de las ruinas, eso no lo puede captar la cámara. Tampoco puede reproducir el silencio —¿cómo se llama, ominoso?— que precede a la debacle. Algunos automóviles, pocos, circulan: con banderas de Hezbolá, chirriando sus neumáticos. No hay gente viviendo aquí, la mayoría han sido evacuados por los propios guerrilleros. Un guardia de tráfico en moto nos dice que nos larguemos inmediatamente, que esperan bombardeos de un momento a otro. Es un funcionario municipal, pero no nos cabe duda de que practica la doble militancia. Aquí todo el mundo pertenece a

Hezbolá, al menos todos los que se han quedado. En el hospital Sahel los médicos y enfermeras están de guardia. Después de las víctimas y heridos del primer ataque, el barrio ha quedado limpio de gente y ahora el personal se mantiene alerta día y noche para atender a los heridos del Partido de Dios, nos dicen. Los propios resistentes los protegen; seguramente los mismos médicos o sus familiares, las enfermeras y el conserje de la puerta son partidarios o militantes de Hezbolá.

Escaparates rotos, juguetes en el suelo, banderas y vallas con anuncios del reciente y ya tan remoto Campeonato Mundial de Fútbol, carteles de heladerías, discos de Um Kulzum en el asiento contiguo al conductor de un coche hendido por la mitad por un pedrusco. Un mundo detenido en seco. Pero no muerto: eso parecen decirnos los automovilistas que envían saludos a España —nuestro país ha denunciado con rapidez la agresión de Israel: todavía no ha llegado la fecha en que enviará a nuestros soldados a cumplir la evanescente y dudosa tarea de pacificar el sur— mientras agitan las banderolas amarillas de Hezbolá ante nuestras narices.

De regreso al coche, Tomás y yo escuchamos las noticias. Los jóvenes reporteros están entretenidos interrogando a los médicos. En la radio, la voz alisada del locutor, ese acento inglés *bebecedesco* que parece salido de una máquina de parlantes clónicos, nos cuenta que el Partido de Dios acaba de atacar la tercera ciudad de Israel, la norteña Haifa, con cohetes. Tomás y yo nos miramos. *Retaliation,* pensamos al unísono. Sacamos a Nuri del sueño —se duerme en cualquier parte— y hacemos que toque la bocina, para atraer a los otros. Ni caso. Gritamos sus nombres. Ni modo.

Finalmente aparecen. Arrancamos a todo gas y antes de llegar a Hamra —nuestros hoteles están en el mismo barrio, así como el domicilio de Alcoverro—, una primera detonación, un señor bombazo, nos pone los vellos de punta. Van a por Haret Hreik.

Interrupción. En el tren, camino de Madrid. Ahora entiendo la metáfora de la piel de serpiente. Así es como se ha caído agosto para mí. He dejado atrás este maldito mes sin Beirut como quien se desprende de una funda de escamas. La persona que soy permaneció escondida bajo la viscosa opresión de agosto, pero ahora el mes yace detrás de mí como una irreconocible carcasa. Todo queda olvidado. Las obligaciones domésticas, el hecho de tener que escribir una crónica diaria y festiva mientras las emisoras de televisión nacionales y extranjeras no dejaban de abofetearme con imágenes de la guerra de allí. Voy hacia vosotros, me digo, le digo a Beirut. También me recomiendo respirar hondo, el viaje será en etapas, debo tener paciencia. Es una evacuación al revés: pero no la efectuaré sumida en un deliberado aturdimiento. Ahora abandono otro país, el mío, en el que no estuve más que en efigie, y mal, durante las últimas semanas. Ahora me rescato, mi promesa de siempre me redime y me ofrece la oportunidad de recuperar algo de la dignidad que perdí al partir.

Es posible que la frase «Me voy porque no quiero ver cómo este país se desangra» se la dijera a Tamim la tarde del sábado 15, antes de oscurecer. Habíamos salido a fumarnos un narguile y descubrimos que en un hotel muy cercano al Cavalier, a una cuadra, en una angosta bocacalle perpendicular a Hamra, un par de mesitas en la acera prometían grandes acontecimientos. El Marly es uno de tantos hoteles hamriotas venidos a menos. En aquel momento permanecía casi vacío, como el resto de los hoteles de la ciudad, del país. Los huéspedes de julio se habían ido ya o se estaban yendo, y los periodistas aún no habían llegado en masa para sustituirlos y animar un poco los decaídos ánimos del gremio de la restauración beirutí.

Conseguimos un narguile un poco rústico, con trozos de carbón algo desmesurados, pero Tamim es un experto y los redujo al tamaño debido. Charlamos y, sí, es verosímil que allí le contara por qué, tarde o temprano, iba a marcharme del país: «Me voy porque no quiero ver cómo este país se desangra.»

Ese día lo pasamos pendientes de la gente que

se iba, de los huéspedes de hoteles que aguardaban con sus maletas en el vestíbulo a que un chófer avezado los condujera a Damasco por caminos recónditos, a cambio de una suma de dinero disparatada. Aquél fue el gran momento de Andrea Tamburini, un hombre de negocios italiano que, después de haberme entregado su tarjeta —le acreditaba como *general manager* de una empresa llamada Import/Export; un número de teléfono móvil y una dirección de correo electrónico completaban la exigua información—, alardeó: «Tengo que cerrar un negocio urgente con un sirio y he de estar allí sin falta. Un conductor me llevará hasta la frontera, mi socio habrá llegado desde Damasco, firmaremos y cada uno volverá a lo suyo. Esta noche, *cara amica,* le contaré cómo está el camino.»

Nunca regresó, ni supe de él, a pesar de que le escribí a su dirección electrónica.

Este primer sábado en guerra es especialmente duro. Empieza con el silencio de los inocentes y el de sus verdugos aquí en Beirut, no así en el norte ni en el sur ni en el este del Líbano. Pero en Beirut, al contrario que en las madrugadas precedentes, no me ha sobresaltado el estrépito de la guerra, sino la detonación de una de sus pausas. Me incorporé en la cama, jadeante. Y entonces recordé. O más que recordar, volvió a mi sangre la conciencia de lo que había empezado tres días antes, y el temor de lo por venir bajó desde mi estómago como un ascensor en caída libre y el suelo dio vueltas. La lucidez vence al aturdimiento. Silencio, oscuridad y la completa seguridad de que el Líbano y sus habitantes se encuentran solos ante quienes los descuartizan. No pensar, no pensar, no pensar. Ducharme, ponerme crema en el cuerpo, ordenar los papeles. Decido cortarme también el pelo con las tijeras para uñas, qué desastre; a quién le importa. Me visto, ya han abierto el restaurante del hotel, veré a otros seres humanos, compartiré mi angustia. Bajo con el ordenador. El joven camarero Imam me regaña. No debo trabajar mientras como. Añade que sigue sin saber de los suyos, que viven cerca de Jezzine y, al parecer, han huido; Issam, el maître que el primer día de la guerra, ya lo he escrito, me dio el consejo más sabio, el de no pensar, trabaja como si nada. La mujer que desayuna con su hermana y su sirvienta y que pasa unos días en Hamra —vino desde los suburbios a una zona del centro como quien visita un establecimiento de aguas termales— me dice que los israelíes han atacado la iglesia de Mar Mikhail, cerca de donde vive, en Haret Hreik. Van a mudarse a un apartamento cercano, menos caro. Pronto baja también la anciana de rostro afilado y amarillo, delgada como un hueso de pata de pollo, que camina lentamente con la ayuda de una criada cingalesa. Se nos añade el matrimonio sirio que vino con su hija a Beirut a comprarle el vestido de boda. El conflicto propuso un inesperado dilema: regresar inmediatamente a Damasco o esperar a que les acabaran el traje, que es mucho más caro y sofisticado que los que pueden encontrar en Siria, aunque a mí el punto Sissi emperatriz que se puede conseguir en el zoco El Hamidiya me parece mucho más entretenido que el estilo Letizia de Borbón en estéreo a la libanesa. Pero la niña está empeñada en irse con sus veinte kilos de tul ilusión o lo que sea y los israelíes ya les han cortado el camino a Damasco. La chica, que es preciosa, parlotea con su tía —un perfecto rinoceronte insensible— sobre Su Problema durante el desayuno, mientras padre y madre se miran y fuman nerviosamente un cigarrillo tras otro. Menos tía y sobrina —de momento—, todos muestran, mostramos, la misma lividez del miedo —de la anticipación del miedo—, idéntica expresión borrosa que nos reduce a la identidad que nos corresponde en estos días: comparsas. Hemos quedado reducidos a meros comparsas de la tragedia en la que otros mueren, otros matan.

Y ayer, es decir, el primer viernes de la guerra, el día 14 de julio, fue cuando alguien pronunció mi nombre en voz bastante alta y tono interrogativo cuando yo salía del hotel a primera hora de la tarde y me dirigía hacia Nuri, que tenía su Mercedes aparcado en la esquina. «¿Eres Maruja Torres?» Era un muchacho moreno, bajito, de ojos claros y pestañas espesas, pelo revuelto y barba escasa. Parecía no haberse cambiado de ropa ni dado una ducha desde antes de la guerra y olía parejo. Pulgoso, me dije. Es Pulgoso. Tenía una cara amable y una voz preciosa. Parecía el vivo retrato del desvalimiento y la indecisión, pero cuando se presentó y me contó lo que hacía, de intérprete, y cómo su empresa rusa le había dejado plantado, lo hizo con sentido del humor: «He perdido un empleo pero he conseguido una guerra.» Manuel era Pulgoso pero era mucho más, y le pedí que me ayudara durante esos días, como traductor y en lo que pudiera. «Empezamos ahora. Quiero ver cómo están reaccionando en El Rawda.» Desde entonces no me faltaron sus mensajes, sus informaciones ni su compañía.

El Rawda es el merendero más cercano al Luna Park de Manara y a su noria, mi amada noria. Voy allí a menudo, para ver la puesta de sol y sacar fotos de los aviones que solían aterrizar bordeando el litoral. ¿Cuándo volveré a verlos? De El Rawda me gustan su ambiente familiar y el hecho de que haya múltiples terrazas. Si quieres tener intimidad te sientas bajo las acacias, entre rosales y adelfas. Si se desea puro mar y ocaso lo mejor es instalarse en primera línea de playa. Por la tarde tienen desplegados los toldos de rayas amarillas y blancas, pero en cuanto el sol empieza a ponerse un diligente camarero los recoge para que disfrutemos del generoso espectáculo.

Esta tarde de viernes apenas hay clientes y sólo

el dueño y un pariente nos atienden a Manuel y a mí: con amabilidad pero sin pericia. Al otro lado de la alambrada están las instalaciones de los Bains Militaires, frecuentadas por ese tipo de atletas más que maduros que ni un solo día dejan de practicar la natación y de tomar el sol entre las rocas, ni de jugar a las cartas o al backgammon hasta el anochecer, sin otro atuendo que el bañador. Les hago fotos, nos saludamos, nos dirigimos signos de la victoria perfectamente patéticos.

También le hago un retrato a Pulgoso. Es la foto de Manuel que prefiero. Con los ojos claros entornados, el pelo en desorden, la barba vergonzante y un gesto entre tímido e irónico, de chaval sorprendido por la cámara antes de poder improvisar escaramuzas de autoprotección.

DÍAS DE BRUMA

Una semana antes, el último viernes en paz, subí sola a la noria e hice fotos de Beirut vista desde lo alto, así como de una familia chií que disfrutaba de su día de fiesta sin conocer lo que el futuro amagaba. Desde este instante hacia atrás, el tiempo de vacaciones que me había concedido para realizar un reportaje ligero y turístico sobre el Líbano se convierte en un amasijo de bruma del que sólo recuerdo rostros, rostros, rostros perdidos, expresiones o dichas irrepetibles.

La ilusionada joven, con la cabeza cubierta, tímidamente feliz, colgada en una cesta de la noria.

Sarah, dependienta del departamento de recuerdos del Líbano, en la segunda planta de Virgin, la megatienda internacional instalada en el antiguo edificio de la ópera de Beirut.

Un padre exhibe a su hijo, orgulloso de que le saque una foto que nunca podrá ver, en la hermosa playa pública de Tiro.

Un matrimonio posa con su hijo junto a la cascada de las fuentes del Orontes, en Hermel, al norte del valle de la Bekaa.

Tomás se ríe como no volverá a hacerlo montado en una embarcación que cruza las espumeantes cascadas.

Tomás y yo fotografiados juntos en un merendero de Jezzine.

Fatima, dependienta de una tienda de ropa infantil en Saida. Es bonita y luce un pañuelo con los colores de Alemania al cuello. Se está celebrando el Mundial. La confianza en el futuro domina cada trazo de su rostro.

El maître del restaurante Garofalo, en la calle Maarad. Había pasado una temporada trabajando en Dubai. Cometió el error de volver a Beirut.

La tienda Le Parfum, con otro periódico abierto, vacía.

Anocheceres, pescadores, la luna sobre la Corniche. Cenas en las rocas y el oleaje, tumultuoso, rompiendo a pocos metros. Poco después el mar se llenó de enemigos. Dejaron tuerto el faro y al país sin aliento.

Tomás, avanzando hacia mí con un ramo de flores, la noche en que llegué al aeropuerto Rafic Hariri. Creyéndome de vacaciones, curada por fin de Beirut.

Beirut, que me fue dada hace veinte años por una de sus guerras. Otra guerra me la ha devuelto.

La vida es bien extraña.

Interrupción. En Damasco, ya a punto de partir hacia la frontera. En el vestíbulo del hotel Cham Palace aguardo a que Tomás haga los últimos arreglos con el taxista que ha venido a buscarnos desde Beirut. Y recuerdo que la tarde de nuestra última clase acompañé a Manuel al portal como hacía siempre, para abrirle la puerta: en agosto, los vecinos que permanecemos en Barcelona sellamos nuestro edificio a cal y canto. Nos abrazamos en la acera. Mejor dicho: yo le abracé y él me correspondió torpemente, colocando sus manos sobre mis hombros con cuidado, como si temiera contagiarse con mi tristeza. «Siempre nos estamos despidiendo», me quejé. Era verdad: cuando la falsa evacuación, cuando nos separamos en Torrejón. Y ahora. Pero esta despedida era definitiva, aunque él no lo supiera. Y yo no sentía ganas de explicarle algo cuya complejidad escapa, por fortuna para ellos, a las entendederas de los jóvenes, que aún no han dicho adiós lo bastante como para reconocer un adiós verdadero. La materia fundamental de la existencia, su cualidad cambiante, la permanente traición del tiempo: ¿cómo contarle eso a un muchacho de veintiséis años? «Volveremos a vernos en Beirut», me alentó. Aunque así fuera, ¿cómo decirle que ni él ni yo ni la ciudad seremos los mismos, que nuestras miradas ya irremediablemente distintas nos devolverán en espejos que quizá no nos guste contemplar, a los que ni siquiera desearemos acercarnos? Éste es el secreto de la madurez, su bendición y también su condena. Saber de la fugacidad, apreciar lo que ocurre mientras dura, atesorar: y salvar el recuerdo, con tanto estilo como sea preciso. Si en Beirut volvemos a encontrarnos, estas seis semanas transcurridas entre julio y agosto no representarán lo mismo para él que para mí, igual que su Beirut no es la mía. Pero algún día, cuando se acerque a mi edad, Manuel recuperará este verano y puede que averigüe lo que yo sentía mientras le daba el último abrazo y fingía estar de acuerdo: «Sí. En Beirut volveremos a vernos.»

Toda pérdida duele. Pero no hay dolor inútil.

SEGUNDA PARTE

CARTA A MANUEL

No me preguntas por Beirut en tu mensaje electrónico, quiero creer que la ciudad te importa demasiado para implicarte en una cuestión tan directa planteada a quien sabes que te contestará más allá de tus propios deseos. Mi respuesta también electrónica a tu decisión de aceptar una inesperada propuesta de trabajo —quién podía suponer que la empresa rusa reaparecería tan oportunamente, con tu paga atrasada y una plaza de intérprete para ti en su delegación de Abu Dhabi— ha sido escueta y pienso que impersonal. No te he dado consejo alguno, tampoco me lo pedías. Te limitabas a bromear sobre tu facilidad para desdoblarte, embarcándote en destinos siniestros. A eso sí te he contestado, pero en tono ligero: «Todo irá bien mientras no oigas voces.» Además, te entiendo. Abu Dhabi supone dinero y sólo tendrás que aplazar tu regreso al Líbano durante unos meses. Para entonces ya me habré ido. Y aunque todavía permanezca aquí, ni siquiera tendremos que vernos. En esta ciudad no hay vasos comunicantes entre barrios. Si uno quiere puede vivir eternamente en Hamra sin poner jamás los pies en Ashrafieh, y al revés. No habrá lugar para esos absurdos encuentros entre quienes descubren que nunca tuvieron nada que decirse y que parlotean para disimularlo, y cada palabra restalla como un escupitajo sobre esa verdad inconmovible.

Y así es como has resuelto el último tramo de este libro. Voy a contarte lo que no quieres o no esperas saber. Si te escribiera un largo mensaje no serviría, salvo que mis palabras se perdieran en la Red y dieran vueltas durante veinte años hasta llegar a ti porque... (Suenan las primeras campanadas de la mañana en la iglesia de los capuchinos; está aquí mismo, en Hamra. Nunca las has oído. Yo sí. Cada vez que he venido, un año tras otro. Tú tenías siete años cuando las oí por primera vez, en una Beirut que ya entonces no contaba las horas.) Necesitas tiempo, decía, para entender con la piel —a tu piel de ahora le sobran antenas y ortigas: el tiempo hará limpieza— cómo vive la ciudad el último experimento letal al que este país ha sido sometido. Pues aquí nadie se atreve a llamar paz a lo que ocurre.

Es mejor que leas este libro en un futuro lejano, quizá después de tropezarte con él en un mercado de viejo, un domingo por la mañana, paseando con tus hijos. De repente regresarán tus recuerdos y por una trastada del azar se vincularán a los míos. Pero si eso no sucede, o si lo lees antes y no lo entiendes, no importa. Escribir me basta.

Llegué a Beirut a principios de septiembre —otro de mis septiembres aquí: reanudada la bendita tradición del retorno—, el día en que se levantó parcialmente el bloqueo aéreo y veinticuatro horas después de la apertura de los puertos marítimos. En las curvas de Kahhalé, al dejar atrás la desviación a Aley, hicimos una parada para contemplar desde la colina el mar ya a nuestro alcance y la parcial silueta de Beirut en su orilla. Tú sabes cómo es. Desde las edificaciones de piedra arenosa y las pocas pinedas aún intactas, la montaña se vierte en la ciudad casi en picado, en una espiral de curvas y barrancas que en el tramo final se mimetiza sin estridencia, comida por la oleada de símbolos urbanos que trepan hacia las laderas. Para ver bien la postal del recibimiento de Beirut —edificios blancos que destellan en la distancia, pulidos por el sol de mediodía; y la primera dosis de Mediterráneo oriental—, hay que detenerse aquí. Esta panorámica simboliza para mí la entrada en la Beirut de paz y reconstrucción a la que volví a finales de los noventa, tan distinta de la de aquellos años, los últimos ochenta, en que incluso viniendo de Damasco, como ahora, había que renunciar a una visión previa de la capital desde las alturas. La guerra cambia la geografía, y aquélla, que fue tan larga, me ofreció muchas formas de entrar en Beirut. Si lo hacía desde Damasco tenía que desviarme antes de avistar los pueblos cristianos y dirigirme hacia el sur para tomar la antigua carretera del aeropuerto. Atravesaba los barrios meridionales de la ciudad, peligrosos para los extraños, sobre todo para los extranjeros: los secuestros estaban a la orden del día por parte de un Hezbolá ya cuajado entre los chiíes. Siempre hubo secuestros durante aquella guerra, practicados por todos los bandos y contra todo tipo de víctimas —la mayoría continúan desaparecidos: otra de las cuentas pendientes del Líbano consigo mismo—, pero en la segunda mitad de los ochenta se produjo un verdadero tráfico de rehenes foráneos: periodistas, diplomáticos, profesores. Era fácil imaginar que algunos de ellos podían estar sufriendo en los zulos, con sus raptores —y, de hecho, así era—, a unos cientos de metros del camino traicionero por el que yo avanzaba. De ese paisaje, de esa entrada y de la Beirut de aquellos días tengo recuerdos de laberinto. Fragmentos de calles entorpecidas por obstáculos de todo tipo, coches quemados, sacos terreros, barreras de cemento. Y soldados, uniformes, armas por todas partes.

Si arribaba por Chipre, en barco desde Larnaca, lo que tenía delante no era Beirut, sino Junieh, entonces en plena expansión, ya camino de convertirse en la densa aglomeración urbana que es hoy, una ciudad desordenada y populosa, y no la aldea de pescadores original, situada en la periferia y favorecida desde el principio del conflicto por el trastorno de la geografía y la implosión de la industria del entretenimiento por y para cristianos, mucho menos afectados por las consecuencias de la guerra que los beirutíes del oeste. Ir de Junieh a Beirut este, el de los otros, el cristiano, era fácil. Pero no lo era tanto pasar de una parte de la ciudad a otra, atravesar el amasijo de ruinas trufadas de tiradores ocultos en que se había convertido lo que antes de 1975 fue el centro verdadero y cosmopolita de la ciudad, un símbolo de civilización perdido desde entonces para siempre jamás, primero por las batallas sanguinarias, después por la especulación inmobiliaria propiciada por quien hoy —atentado previo— es considerado poco menos que *san* Rafic Hariri. El primer paso autorizado por el que crucé la maldita Línea Verde fue el de los Franciscanos: lo cerraron al poco de llegar yo, y de aquellas ocasiones guardo un recuerdo de buganvillas moradas y de relinchos de caballos procedentes de las cuadras del cercano hipódromo —ocupado ahora por las tiendas del Creciente Rojo saudí, en donde se atiende a las víctimas del último conflicto—, así como las desesperadas preguntas que me asaltaban: ¿por qué? ¿Por qué vida y muerte juntas, qué sentido tiene esto? Eran las preguntas que explican Beirut, y sus inalcanzables respuestas forman parte del veneno que retiene en esta ciudad a quienes, sin haber nacido en ella ni haberla elegido, le pertenecemos. El Líbano es un país que juega el solitario del faraón consigo mismo, a vida o muerte, y que cuando se cansa de los otros oponentes, de los otros habitantes de su alma, hace trampas y se fabrica su propia tumba.

¿Paisajes rotos? ¿Desplazamientos de población? ¿Negación de los otros? El Líbano ha inventado eso, esa mierda moral de nuestra época que acaba siempre en masacres, refugiados y exilios. Gran invento, el repudio, la persecución del otro; de los muchos otros. Aunque lo que yace en el fondo, aquí, es la negativa de los cristianos a reconocerse árabes, y el rechazo de los musulmanes a admitir que los cristianos tienen derecho a ese mito, puesto que su propio nacionalismo árabe contiene fabulaciones no menos intoxicantes que las que emanan de la montaña maronita. La rebelión de los árabes contra los otomanos no creó un pueblo árabe unido: aparte de sus diferencias de origen, Occidente no lo permitió. Y el sueño panarabista se desmoronó con la muerte de Nasser. Pero el nacionalismo islámico que lo ha sustituido no caerá así como así: es más, perdurará porque Occidente lo carga de razones a fuerza de torpezas asesinas y de racismo. Conclusión —que no la tiene—, en el Líbano continúan enfrentadas las mismas fuerzas que se mataron en 1958 y entre 1975 y 1990, y las mismas causas, aunque con distintos nombres. El panorama regional condicionado primero por el nasserismo (1958) y después por el conflicto palestino-israelí (1975) se revela a partir de Iraq como una guerra entre suníes y chiíes que puede llevarse por delante la zona tal como la conocemos. El destino de los partidos cristianos, desunidos entre sí cuando no francamente enfrentados, parece más bien desalentador, lo que puede llevar a sus milicias —hay quien dice que ya se están armando: ¿y por qué no? si Hezbolá no entrega su arsenal; y aquí todo el mundo tiene armas, sobre todo en las montañas— a realizar actos provocadores de consecuencias incalculables. Los perdedores cristianos pueden constituir el detonador. Pero la dinamita será suní y el vocero, druso.

Recién escrito este párrafo me doy cuenta de que todo esto ya lo sabes. Pero quizá ya no te acuerdes, esa mañana de domingo de tu futuro, en un mercado de libros viejos, de un país llamado Líbano que durante muchas décadas fue símbolo del mundo y sus contradicciones, y de que en otra era eso te importó. Además, escribo para mí. Para comprender.

Lo que más me sorprendió de la invasión del verano de 2006 fue que Israel no se hubiera limitado a cruzarse de brazos y esperar que los propios políticos libaneses acabaran reproduciendo sus comportamientos destructivos. Los israelíes tendrían que haber permanecido sentados, permitiendo a su vecino del norte que continuara cociéndose en su propio jugo. Pero me equivoqué, al menos en esa primera parte de la guerra, si es que existe una segunda por venir y ésta consiste, tal como se anuncia estos días, en el suicidio libanés.

Basta. No escribo un libro de análisis ni de historia, sino de presentimientos. ¿Qué va a ser de Beirut?, ¿qué va a ser de mí en mi ciudad-amante?

No pude ver el mar desde el monte la mañana de mi llegada, sino una capa compacta de nubes del color del plomo, una manta forrada, espesa, como una mezcla de guano y humo, tal que si todos los pájaros hubieran decidido defecar aquí antes de emigrar para siempre. «Es la calima —quiso explicar Tomás para aligerar mi angustia—. Ya verás, conforme nos adentramos, cómo se va disipando.» «Nunca hubo una calima así de densa y fúnebre. ¿Qué le han hecho a Beirut?» Mi amigo sacudió la cabeza: «No es una visión real de la ciudad, pero es tan real como su verdad poética.» «Es más que eso. Es una metáfora», dije. Cuando, dejada atrás la montaña, nos dirigimos al centro y recobramos los distritos intactos de la ciudad matriz, el aire se aclaró algo y un sol mortecino, una luz sucia y un olor a cuerda quemada completaron la escenografía de mi regreso. Era Beirut y no lo era. No era Beirut y tampoco podía dejar de serlo.

Por la noche cené con Mónica, la corresponsal de la SER, que me dio una explicación racional: «Podría tratarse de la calima. También ha ardido un almacén del puerto, repleto de sacos que contenían ayuda humanitaria. El humo resultaba insoportable.»

Ayuda humanitaria. ¿Cómo asumir que este país necesita de nuevo ayuda humanitaria? Metaboliza eso: que gran parte del Líbano vive ahora en condiciones a cuyo lado los palestinos de los campos de refugiados parecen familias de clase media. Lo sé porque lo he visto, he estado en los barrios meridionales de Beirut y en las tierras fronterizas. Si no espabilan los de la reconstrucción, el frío perseguirá a muchas familias hasta los agujeros en donde se amontonan, agujeros que antes fueron la sala o un dormitorio de su casa en ruinas y en donde ahora agrupan las cuatro cosas que han conseguido salvar. Eso, con suerte, porque la mayor parte de las casas ofrecen esa apariencia alucinante de gigantescos milhojas de cemento derrumbados, y hay gente que vive en la calle, encima de una alfombra. He visto las tumbas de quienes fueron alentados a abandonar sus domicilios y luego bombardeados por Israel en las carreteras, cazados como conejos. Hay un pueblo en donde sólo quedan cuatro o cinco mujeres, un viejo, un niño. Mataron a veintitantos que pertenecían a sólo dos familias. Sus sepulturas son como fichas de dominó alineadas a ras del precipicio que separa a los muertos del país de sus asesinos. En un día claro un soldado israelí de los que guardan la frontera puede asomarse y mirar: eso lo hicimos nosotros, qué heroicos.

Ninguna aclaración razonable —la calima, el incendio— puede extirpar de mi conciencia la certeza de que la sucia nube que cubría Beirut aquel día es la representación simbólica de lo que ahora vivo, de lo que veo vivir a los demás: contaminación interior, degradación del alma. Una apariencia de indiferencia y cinismo destinada a convertir en tolerables las consecuencias de lo ocurrido en verano.

Consecuencias. El derrumbe de la temporada turística, tan fundamental para la supervivencia, y el consiguiente hundimiento de una economía que ya vivía ahogada, engullida por una deuda externa exorbitante. El trasiego de militares extranjeros por tierra, mar y aire —soldados azules de veinte estados, entrecruzándose en un territorio pequeño como la provincia de Barcelona—, que suelta un tenue pero inconfundible aroma a ocupación. Seguir siendo, y cada día más, un país entrampado y mendicante. Por no hablar del desastre humano, de las personas que faltan, de los heridos y tullidos —sin sanidad pública, entregados a la beneficencia—, de los huérfanos y las viudas. Y de los millones de bombas de fragmentación diseminadas por Israel en el sur.

Pues aquí estamos. Dos meses después del fin de la guerra: en apariencia, los de siempre llevamos la vida de siempre. La ciudad ha vuelto a los antiguos hábitos, perceptiblemente con mayor frenesí pero sin otro motivo que olvidar los tres tiempos del verbo preocuparse: el pasado hace daño, el presente tiene realidades que no queremos ver, el futuro no existe. Y eso resulta estremecedor —la negación—, porque anula la materialidad del otro, del que ha sufrido, borra hasta su sombra, borra la experiencia vivida mediante la práctica de un comportamiento cotidiano considerado «normal». Y en el fondo, mezclándose con el agua estancada de las cuevas subterráneas, más carnaza para psicoanalistas. Beirut, capital del dolor, lo es también del olvido en falso.

De la plaza Nejmeh o de l'Étoile ha desaparecido la exposición de fotografías —«Un avión contra un niño»— de críos muertos y heridos, y no hay mensajes ni flores al pie de la torre del reloj. La televisión oficial no emite ya imágenes de la guerra ni aquellas llamadas a la libanización, anuncios patrióticos que apelaban a la unidad de las dieciocho confesiones religiosas —catorce cristianas y cuatro musulmanas—, insistiendo en utilizar para todos los aludidos la palabra *libaneses,* usada como un conjuro más que como una natural definición de pertenencia, de ciudadanía. Aquí todo el mundo sabe qué es y de quién es. Éste es un país del tamaño de Asturias y posee la mayor concentración de *peculiaridades* y *diferencias* que pueda darse, y también tiene una Constitución confesional que a los políticos les parece motivo de orgullo —porque facilita la convivencia, dicen— pero que habría que quemar en la plaza pública, al grito de «Una ley civil igual para todos», por haber consagrado todas las desdichas causadas por la tribalidad sectaria, por el reparto del poder según la confesión religiosa.

Pero los líderes —estén en el gobierno, con el movimiento de Hariri y sus aliados; o en la oposición, con Nasralla y Aoun— hablan de la *libanidad* con la boca pequeña. Si lees sus labios con detenimiento entenderás: mis ambiciones, mi gente, mi comunidad, mi secta, mis beneficios. Es decir: contra otras ambiciones, otra gente, otras comunidades, otras sectas, otras prebendas.

El librero armenio a quien llamo Antoine se ha puesto a favor de Hezbolá. Es cristiano ortodoxo y tiene en la librería, medio escondida entre los estantes de poesía francesa y los que contienen libros de cocina, una pequeña colección de literatura erótica y un álbum con fotografías de sus amantes desnudas. ¿Qué vas a hacer si el Partido de Dios prohíbe esas liberalidades cuando esté en el gobierno?, he querido preguntarle aunque no me he atrevido. Pero es muy listo, ha captado mi mirada y su sentido. «Tranquila, ellos no tienen esas intenciones. Quieren un gobierno justo para todos. Y está Aoun.» Aoun, el general que cree ser Napoleón y que en el 89 lanzó una guerra suicida —muy autolesionante— contra los sirios: perdió y tuvo que huir del palacio presidencial en pijama, primero a la embajada francesa y meses más tarde, ya propiamente vestido, a París, ese penoso lugar de exilio. Y ahora —volvió el año pasado y con muchas ganas de ser presidente— encabeza el único partido cristiano que apoya a Hezbolá, precisamente aliado de Siria. Es un megalómano. Y también el único político libanés —junto con Nasralla— cuyas palabras evidencian sentido práctico, aunque lo temible podrían ser sus hechos.

Voy a contarte algo que me sucedió a principios de octubre, poco después del inicio del ramadán. Mona —a quien he tomado como profesora de árabe, es menos superficial de lo que pensaba y me enseña con gran energía— me propuso que diéramos la clase en un restaurante típico que ella conoce, una de esas moles de piedra arenisca adornadas con artesanías entre agrarias y artísticas que a mí me disgustan bastante, pero que Mona adora porque es una criatura de ninguna parte y su sentido de la estética participa, como el de muchos aquí, de la falsificación general. El caso es que acepté encantada, me emperifollé adecuadamente, cité a Nuri para la ocasión y llegada la hora dije: «Vamos.» Parloteando con Mona en la parte posterior del auto, no me di cuenta del camino que seguíamos. De pronto miré por la ventanilla y vi un edificio derrumbado. Estábamos en Dahiyeh, a punto de pasar por Haret Hreik, camino del aeropuerto. El descubrimiento me desbarató. No el descubrimiento de las ruinas, sino de que me estaba comportando como ellos. Me había adaptado tanto y tan rápidamente a esta forma de negación permanente que allí estaba, con una blusa nueva, una crema para la piel regalada por Mona en el escote —destellos dorados de Yves St. Laurent— y el pobre Nuri, que, presa de los nervios —a él tampoco le gusta la realidad—, intentaba salvarnos de un atasco. La gente corría a casa a preparar su *iftar,* y el camino, ya de por sí intransitable en hora punta, con los destrozos de la guerra había empeorado notablemente. En aquel coche inmóvil, desde la burbuja beirutí refractaria al dolor, contemplé la verdad al otro lado de la ventanilla.

«¡Salgamos de aquí!», grité, y hasta Nuri me oyó y se asustó tanto que consiguió dar media vuelta, atravesar un parterre y plantar su bronquítico Mercedes frente a la puerta —o almena, podríamos decir— del pintoresco restaurante. Me quedó humor para alcanzar el umbral, echar una ojeada al interior y rezongar: «Sólo les faltan los siete enanitos.» Y para gritar de nuevo: «¡Vámonos de aquí!» Porque *aquí* es lo que antes, en verano, fue de un modo u otro un destino común, y ahora ya no es nuestro. Ahora forma parte de, ¿cómo llamarla, la singularidad libanesa? Compartimentarse. Guardarse en cajones insonorizados e impermeables.

Pocos días después, cerca del restaurante típico del que salí zumbando, los ocupantes ilegales de unos terrenos se enfrentaron a tiros con las Fuerzas de Seguridad Interna —creo que son los de la boina roja, no podría jurarlo, y si lo pregunto sé que olvidaré la respuesta: para mí todos son uniformados con armas—, y en la refriega resultaron muertos dos adolescentes y otros chavales fueron heridos. Tras este incidente, que ocurrió en viernes, el domingo dispararon un artefacto al cuartel de las FSI cercano al puerto de Beirut, y un par de días más tarde, el mismo cuerpo de seguridad recibió una granada en su cuartel de Mazra. Lo último —por ahora— ocurrió en la madrugada del domingo —anteayer—, cuando tres granadas del mismo tipo, disparadas por un fusil ametrallador desde un puente, impactaron en el edificio Al Aasili de la plaza Riad el-Solh, junto a la Unesco y en las propias barbas de las fuerzas de seguridad apostadas para vigilar con tanqueta y grandes avíos de camuflaje incluidos. Una granada se metió en la discoteca del quinto piso e hirió levemente a media docena de clientes. Como sabes, Al Aasili es un inmueble donde hay de todo, desde *night clubs* hasta instituciones caritativas de millonarios, y en la planta baja se encuentra el Seaside, que vende los mejores helados de la ciudad. Otro artefacto dio contra la fachada del séptimo piso, y el tercero se estrelló en la acera, fastidiando un par de coches. No se trataba de un intento serio, sino de una advertencia: podemos hacerlo, y donde queramos. ¿Quiénes? *Quién* es la pregunta a la que nadie ha respondido nunca en el Líbano. Sabemos el dónde, intuimos el cuándo, alcanzaremos a conocer el cómo de cientos de ataques y atentados. Pero sobran *porqués* sin aclarar.

La vida de siempre, te decía. Y, sin embargo, nadie ignora que va a suceder algo. Algo más de lo que sucede. «Unos cuantos coches bomba antes de las elecciones, si es que las hay y no viene algo peor», murmuran. O bien: «Bueno, en los partidos están los de siempre y los jóvenes no tienen forma de influir, si es que aún no han emigrado. ¿Qué va a impedir que volvamos a vivir tiempos difíciles?» Pero todo el mundo actúa como si no fuera a pasar nada, y esa fe en la acción y en la capacidad de abstracción de lo real es lo que los mantiene. Y la indiferencia. En este inmenso decorado que es la ciudad, la parte de la propia Beirut y del país que resultó perjudicada ha sido expulsada del imaginario colectivo, a pesar de que todavía aparecen en los periódicos historias sobre la destrucción en los suburbios de Dahiyeh, y reportajes del machacado Líbano situado al sur del río Litani. Mira qué mal están, ¿pero esto es Jiam, esto es Bet Ybeil, este montón de ruinas? Parece que los periódicos hablen de otro país, de otra gente, de otra guerra. Para la Beirut medular todo ha sido recompuesto y el zumbido de los generadores empieza a parecerse al que existía antes de la guerra, por los cortes de luz habituales debidos a las deficiencias en el suministro. Y si tienes cuidado, si no bajas a Haret Hreik ni a los otros barrios cercanos al aeropuerto —la autopista principal ha sido apedazada, ya se puede circular—, si no te aventuras de Tiro para abajo, si no acudes expresamente a la frontera a ver los daños, ¿quién va a grabar en tu memoria la necesaria herida de lo ocurrido durante los treinta y cuatro días del verano de 2006? Verás unos cuantos puentes provisionales, de ingeniería rápida —parecen partes de Scalextric—, donados por Francia para que podamos entrar y salir de la ciudad, y te acostumbrarás a ellos hasta que el tiempo y la desidia los hagan definitivos.

Yo misma, después de haber recorrido en un par de ocasiones y durante varios días las tierras situadas al sur del Litani y los pueblos de la frontera con Israel; después de haber hecho lo propio en Dahiyeh, los barrios beirutíes del sur; después del pasmo de los daños recontados y pasado el agobio que produce la destrucción; yo misma, ya te lo he contado, he reanudado en Beirut la vida de siempre. Piscina cuando hace buen día. El café de Younes para leer los periódicos. El Rawda para contemplar los anocheceres.

Pero a veces me despierta el trueno lento de un avión que se acerca y salgo al balcón de mi habitación del hotel para comprobar que la escenografía de nuestro terco ajuste a las circunstancias continúa en su sitio. Los aviones se han convertido en símbolos de doble significado. Forman parte de la normalización anhelada pero también se llevan a los mejores jóvenes, casi un cuarto de millón de chicos se han ido al extranjero hasta este momento, y cada día la abundancia de mujeres se hace más visible. «Casi todos van a volver», insiste el librero, esgrimiendo como única prueba la carta que ha recibido de un sobrino.

De nuevo, los aviones sobrevuelan Beirut por el centro, como hace años, como antes de que se establecieran pasillos aéreos paralelos al litoral para que los aparatos no atronaran a los ciudadanos con su vuelo, necesariamente bajo porque el aeropuerto está muy cerca y siempre pasan con el tren de aterrizaje abierto. Aviones y más aviones sobre Ras Beirut, ahora: vienen desde el norte hacia

Hamra y lo mismo durante el día que durante la noche mi barrio parece Gotham, tan irreal con los panzudos insectos metálicos zumbando sobre nuestras cabezas y la gente charlando en la calle; las mujeres asomadas a sus balcones y el tendero de enfrente —«Nino Market»—, un libanés que regresó hace poco de Argentina, sentado en una silla de plástico en la calzada, mirando programas de televisión desde la calle con el mando a distancia en la mano. Hay un sitio al que me gusta ir para ver los aviones comerciales desde más cerca todavía: en la calle Makdisi, al lado del café De Praga. Con la espalda de mi memoria apoyada en una tapia —memoria de otros muchos aviones, de falta de aviones durante las guerras que paralizaron el aeropuerto y de aviones enemigos que rompían la barrera del sonido o bombardeaban—, levanto los brazos y los agito en señal de saludo: «¡Sí, sí, sí!», grito, y nadie me toma esta vez por loca. Los viandantes me miran, algunos se detienen y hacen un gesto de aprobación con la cabeza, alabando mis esfuerzos. He aquí a otra entregada actriz, se dicen. La representación va a continuar, es imprescindible que nadie se detenga.

No te acompañarán en tus noches los aviones que vienen del mar y cruzan Ras Beirut por encima de Hamra. Siempre eliges Ashrafieh. La colina este de Beirut en donde la vida sabe, huele y suena de otra manera.

Perdí mi móvil libanés —el de tus mensajes—, pero aquí se recomponen las agendas con presteza, cada amigo tiene los números de teléfono que al otro le importan. Y si busco en el fondo del bolso siempre encuentro papeles sueltos, servilletas con garabatos trazados sin apoyo, cuya caligrafía hay que descifrar. Así es como recuperé los números de Conchita, la pediatra, y de su esposo Abdel Nasser, el cirujano. Los conocí en Tiro a través de Mónica, una tarde de septiembre, la víspera de la llegada del primer contingente español de la FINUL. El chiringuito número diez es uno entre el medio centenar que se alinea en la playa a partir del Rest House hacia la izquierda, mirando hacia el mar. Platicando en una mesa se encontraban Conchita y otra amiga cubana, las hijas de ambas se bañaban, Mónica y yo fumábamos narguile y, al poco, se nos unió Abdel Nasser. Conchita y él se conocieron cuando Abdel estudiaba medicina en Cuba —chií, sigue siendo comunista convencido y más bueno que el pan— y ella le siguió y se casó con él desafiando todos los obstáculos familiares; Conchita es católica y conserva su fe. Y se aman más que el primer día. No es algo que ellos me contaran. Es algo que se ve. El amor y el odio no pueden camuflarse. Necesitan actuar.

La mañana del desembarco español la playa había sido tomada también por animosos periodistas españoles. Fernando Gualdoni, Javier Espinosa, Uly Martín, Mikel Ayestarán, Tomás y Mónica. Yo iba como enviada especial de mí misma para ver el sur y, sobre todo, para recuperar el Tiro anterior a la última guerra, la más hermosa ciudad marítima del Líbano.

Tras una noche pasada gozando de la hospitalidad de Conchita y Abdel en su casa y escuchando la historia de cómo la guerra había repercutido en sus vidas —«Pero a nosotros no nos ha pasado nada, gracias a Dios, y podemos seguir amándonos y siendo una familia», dijo Conchita— y en su trabajo —«No hay día en que no venga al hospital alguien con las piernas reventadas, o peor, por las bombas de fragmentación abandonadas por los israelíes», dijo Abdel Nasser—, me despegué del grupo y me fui con Shahir, el chófer de Maatouk, que nos acompañaba a Tomás y a mí en este viaje. Le dije: «Vamos a hacer turismo.» No te puedo describir la expresión que puso. Es un suní de unos treinta años, de rostro rubicundo, muy bien educado. Todos sus hermanos trabajan en la hostelería: uno en Londres, otro en Beirut, en buenos restaurantes. Se han abierto camino. Shahir tiene peor suerte, o le falta agresividad. Puso una tienda de *kebe naiyé,* esa carne de ternera blanca y cruda finamente machacada a mano en un almirez, que se sirve con una especie de ajoaceite al limón y que constituye uno de los platos más deliciosos de la cocina libanesa. El negocio le duró cinco años. Luego se metió a trabajar en el taxi para Maatouk. Shahir vive con su madre, que está muy enferma, y cuida de ella. Si él no lo hiciera, su hermano mayor no podría vivir en Londres ni enviar dinero y el menor bastante tiene con cuidar de su propia familia. Me pregunté si Shahir no sería el típico solterón, más faldero de mamá que de las chicas.

Nunca había hecho turismo y durante cuatro días cumplió su sueño. Le pedí que me llevara a los mejores lugares del litoral. No a los más lujosos: a los mejores. Me entendió muy bien. Así fue cómo, mientras mis pobres colegas tenían que seguir a los militares españoles, entrevistar a los mandos e inspeccionar navíos, descubrí pequeñas calitas de pescadores poco frecuentadas incluso por los lugareños, hablé con personas cuyo escepticismo heredado a lo largo de milenios —en esta ciudad que fue sitiada y tomada a sangre y fuego por Alejandro, tres siglos y pico antes de Cristo— me devolvió un poco la calma que necesitaba después de haber asistido a algo que nunca imaginé ni esperé ni puedo aprobar: la presencia de botas militares españolas en el país del Líbano. Ni que sea en misión de paz. ¿Cuántas veces la FINUL destacada en el sur, en épocas anteriores, ha defendido a los libaneses de los israelíes? No recuerdo ninguna. ¿Cuántas veces no ha rechazado, una guarnición u otra, a los paisanos que les pedían protección? No quiero ver a los españoles metidos en eso. No quiero que nos llamen fuerzas de ocupación.

No quiero llegar a formar parte del enemigo.

Shahir se pasó los días en Tiro hablando por teléfono con su novia y describiéndole en directo el panorama. Es faldero de chicas, pues. Y ahorra para casarse y seguir cuidando de su madre.

Al despedirme le di a Conchita una copia de la foto que tomé en la playa pública de Tiro, antes de la guerra, en la que un desconocido sujeta en el aire a su hijo varón y me lo muestra con orgullo. «¿Por qué me la das?» «Los he buscado inútilmente. Tú eres pediatra. Quizá algún día aparezca este niño en tu consulta.»

Hoy he visitado a Marwan Chakri, jefe de prensa del Ministerio de Información, para que renueve mi permiso para moverme aquí como periodista. Ese ministerio —se habló de privatizarlo, antes de la invasión del verano— me deprime desde los días en que acudía al mismo lugar para convencer al que mandaba —por entonces, Chakri, que ahora tiene el pelo cano, grandes ojos para vigilarte mejor y es muy simpático, era el ayudante del jefe— de que me diera el mismo tipo de permiso que ahora, y de eso ya hace casi veinte años. Entonces me acompañaba Juan Carlos Gumucio, que con su risa feroz y su cordialidad irresistible se metía en el bolsillo a los funcionarios. Chakri y yo hemos hablado hoy de J. C., de su absurda muerte —se pegó un tiro en Bolivia, pero había empezado a morir años antes, en Jerusalén, y antes aún, en cierto modo: cuando no se adaptó a la Beirut sin guerra susceptible de grandes titulares, en 1990— y de lo mucho que echamos en falta su periodismo en la catástrofe actual de Oriente Medio.

La oficina de prensa sigue como siempre. Hay una sala con ordenadores que ocupan el puesto de las arcaicas máquinas de escribir de antes; tampoco es que se trate de la última generación de ordenadores de sobremesa. En la sala sólo trabajan modestos periodistas de la zona: egipcios, argelinos, sirios, colegas que despiden una aura ajada ex prosoviética, y algún que otro buen profesional para quien estas instalaciones le resultan más cómodas. Cuando la guerra en julio, vine a acreditarme acompañada por Tomás. Había un tipo que escribía su crónica repitiendo directamente todo lo que decía el locutor de la televisión oficial.

Te divertirá saber que hace unos días acompañé al ministerio a Fernando Gualdoni y a Ramón Lobo, de *El País,* y que mientras ellos estaban dentro del despacho del jefe y yo leía el periódico en el antedespacho que comparten un pasante y una secretaria —ese día estaba de permiso— el subordinado empezó a masturbarse delante de mí, con las piernas cruzadas y saltando como un conejo sobre la silla de muelles —ñigu, ñigu—, sin dejar de mirarme a los ojos. Me quedé tan sorprendida que no reaccioné: por el amor de Dios, tengo sesenta y tres años e iba vestida como una monja. Se lo conté a Tomás: «¿Qué se te veía?» «El puto cuello. Es la primera vez que alguien se la casca excitado por mi puto cuello... A no ser... —Me interrumpí, casi ofendida por una posibilidad en la que acababa de reparar—. A no ser que lo que le puso cachondo fuera el crucigrama que estaba haciendo, y yo sólo pasara por allí» «Eso va bien para tu libro», apuntó Tomás. «*Vols dir?*», le pregunté, dudosa, usando la frase que los catalanes solemos utilizar cuando nos sugieren algo y no queremos quedar en evidencia: «¿Quieres decir?»

Pero esta mañana he entrado en el ministerio envuelta en mi chal hasta el mentón y con ojos nuevos —ojo avizor—, temiéndome una segunda sesión de gallarda a mi salud y, desde la entrada, he podido observar que todos los hombres que merodean en la primera y segunda planta y por las escaleras y pasillos mantienen una o las dos manos en los bolsillos del pantalón y que se toquetean que da gusto mientras desfilan secretarias de melena leonada y uñas de bailarina tailandesa y, de vez en cuando, alguna periodista incauta y monacal como yo. Me he dicho que sí, que va bien para el libro. La generalización eleva mi anécdota a categoría y, en cualquier caso, vas a reírte cuando leas esto. Sobre todo si lo haces cuando ya seamos cenizas —yo y mis admiradores— en ese tu lejano futuro con hijos.

—Te gusta mucho el Líbano, ¿verdad? —me ha preguntado Chakri antes de entregarme el permiso.

Es una simple hoja tamaño folio con su autorización escrita a mano, la fecha hasta la que se me permite ejercer mi trabajo de periodista —si te portas bien te lo renuevan de mes en mes—, el sello del ministerio y una foto mía de carnet, sujeta por una grapa. Debajo, ceremoniosamente, Chakri ha escrito su rúbrica, después de sacar de un estuche de cartón azul la pluma Waterman que sólo utiliza para firmar documentos oficiales.

—Mucho —he asentido—. No hay otro país igual.

—Nosotros los libaneses nunca nos rendimos, siempre salimos adelante. De lo peor, de todo. No hay quien pueda con los libaneses.

Ha soltado una carcajada salvaje parecida a las que lanzaba Gumucio cuando me proponía correr en moto de noche por la Línea Verde para desafiar a los tiradores escondidos. Yo me negaba: «Tengo que buscar noticias, no convertirme en noticia.»

Triste, he bajado por la escalera en la que unos cuantos hombres, apoyados en las barandillas, seguían con las manos en los bolsillos. No había en ellos entusiasmo. Parecían meditar con el piloto automático puesto.

El sábado empezó la primera estación de las lluvias. Salim dice que este año ha llegado antes. No te he hablado de Salim el geólogo. Es amigo de Mónica y yo le aprecio mucho. Druso nacido en Venezuela, de unos treinta años, atractivo: a mí me parece la versión semita de Ralph Fiennes. Es también muy inteligente. Por mucho que le duelan los asuntos de su país es capaz de discutirlos con ironía, escepticismo y sentido de la autocrítica. Tuvo la suerte de educarse en una Venezuela abierta y moderna, en donde se desconocían, al menos entonces, los sectarismos a la libanesa. Es orgulloso y, en una sociedad de clientelismos y padrinazgos como ésta, no transige. No le va bien, por tanto, con su realización profesional. Pero tengo la impresión de que valora más dormir tranquilo con su conciencia, aunque la precariedad de su futuro también le desvele. Ama este país y emigrar le resulta insoportable.

Las lluvias nos llegan a rachas, con violencia; luego paran, dudan, se olvidan —como si al llegar al Líbano las contaminara la inestabilidad cotidiana—, dejan el cielo y el aire de cristal, y cuando más confías de nuevo te arrebata una sesión de rayos y truenos que sacude la ciudad, el escenario, este caparazón en donde se acumulan los conflictos por resolver y las deudas sin pagar. Con Salim, Mónica y Ramón Lobo —escritor de raza que nos alegra la vida con su bonhomía de periodista imperturbable—, aprovechando una pausa de la lluvia, fuimos a ver los desperfectos causados por las granadas en Riad el-Solh. No gran cosa: sólo un aviso. Y la tremenda burla a las fuerzas de seguridad. No matan. Pueden hacerlo.

Después nos sentamos en una terraza de la calle Maarad, con la plaza Nejmeh y su torre del reloj —desde siempre bautizado popularmente como «Abu Abed»—, y el edificio del Parlamento a nuestra izquierda. Comimos protegidos por los toldos de una tormenta grandilocuente, chulapona: a intervalos retrocedía hacia el mar, preparándose para el siguiente asalto. Los relámpagos cabalgaban sobre Beirut después de atravesar Minet el-Hosn y subir por la calle Allenby. Pasaba la tormenta sobre nosotros en dirección al este, sacudiendo su cola sobre nuestras cabezas.

Salim regresó de Venezuela en 1994, atraído por su patria libanesa. La suya es una respetada familia drusa que, como su comunidad en general, vino a menos por los avatares de este país. Antes, de jovencito, quiso ingresar en la Marina venezolana junto con un compañero de estudios: su padre le dijo que en su casa jamás pondría los pies un militar. Se vino para acá con la ilusión de participar en la reconstrucción del Líbano. Como tú ahora, estuvo en el Golfo, pero él trabajaba para una compañía petrolera. Lo cual me recuerda que hay dos chavales —chico y chica— de Greenpeace plantados en sendas esquinas de Hamra: guapísimos. Me pregunto si, aquí, para entrar en Greenpeace también hay que someterse a un casting. Pero no tienen futuro. En el Líbano el medio ambiente no le interesa a nadie. En la costa de Ouzaai, al sur del sur de Beirut, está lo que fue destruido en Haret Hreik. Montañas de ruinas y detritus. Toneladas de escombros y cascotes, de hierros retorcidos y marcos de puertas y ventanas se apelmazan junto a la carretera y ocultan el mar, que por aquí tiene color de acero y de herrumbre. Quienes hacen negocio con el hierro mandan a sus hombres para que recojan el metal, lo prensen y se lo envíen para reciclarlo. Son empresas especializadas. En la guerra de 1975-1990 ocurrió igual. Hoy como ayer los escombros suponen una fortuna. Es de temer que, cuando se hayan llevado todo lo que se puede aprovechar, Ouzaai se convierta en un basural. Como el inmenso basural de Saida, que crece con los años y que, cuando sopla el viento con fuerza, ensucia las playas. En el Líbano no hay plan de reciclaje para las basuras. Esos críos de Greenpeace no saben dónde se han metido.

Sigo con Salim, que detesta a Greenpeace porque los considera unos hipócritas que utilizan petróleo para sus barcos y que cobran subvenciones de las compañías petrolíferas. Ocasionalmente, mi amigo druso se gana la vida como traductor para los periodistas españoles o, más bien, como *fixer*, profesión de la que yo no tenía ni idea: es la persona local que utilizan los reporteros para que les facilite contactos y les haga de intérprete. Cuando me desempeñaba en el reporterismo —me retiré en el 94, después de que me extrajeron una rótula— yo hacía lo clásico cuando aterrizaba sin agenda en un nuevo país: buscar un hilo y tirar del ovillo. Con un número de teléfono o dos me arreglaba. Iba a los hospitales, a los periódicos, y una cosa conducía a la otra. Me parece que el *fixer* es una figura impuesta por el escaso margen de tiempo con que actualmente cuenta un enviado especial, sobre todo si trabaja en televisión y debe retransmitir desde que pone los pies en el país. En cualquier caso, es una buena solución para que los autóctonos se ganen la vida y para que el foráneo trabaje bien y no meta la pata. A Salim le gustaría hacer de intérprete para los soldados españoles desplegados en el sur. Me parece que sigue sintiendo una especial predilección por los militares. Me burlo de él, a veces: «Si tu padre te lo hubiera permitido, ahora estarías sirviendo en la Marina de tu odiado Chaves.» Frunce el ceño y finalmente nos echamos a reír. Hay ideas suyas con las que no estoy de acuerdo pero coincidimos en nuestro escepticismo. Y es un caballero. Ademas, Beirut obliga a relativizar, a ponerse en el lugar del otro.

No sólo predice las lluvias. Sostiene que hace cinco años que los especialistas esperan un terremoto en esta zona. «Al menos —digo—, una tragedia en la que no intervendrá el odio de los hombres.»

No llovió la noche en que regresé al balcón del apartamento de Mar Elias en donde viven Nadim y Wafa. No los había vuelto a ver desde mi despedida, hace una guerra y casi una posguerra, o casi una *entreguerras*. Unos y otros —ellos, más— hemos estado muy ocupados recogiendo jirones de recuerdos, retazos de ansiedad, pedruscos de miedo; y tratando, cada cual a su manera, de juntarlos para recuperar a la persona. Mi última noche en este balcón fue la de la Pena. Pero aquí viví también momentos mejores. El del Complot, por ejemplo. Hace cuatro años.

Estaba Wafa conmigo en el cuarto de costura cuando llegó Nadim anunciando que al cabo de pocos minutos me sería dado conocer a parte de la familia de su esposa: la madre y un par de hermanas. «Te van a encantar, en especial la madre. Es una mujer muy puesta en política.» En efecto, poco después se produjeron las típicas efusiones arabescas de reencuentros y besuqueos, de preguntas aceleradas y respuestas no menos rápidas, de risas: ese cascabeleo tan vital, que tanto me gusta contemplar aquí, aunque yo sea de las que prefieren celebrar la Navidad una sola vez al año.

Salimos al balcón y nos sentamos en grandes butacones. La madre, a quien Nadim había puesto en antecedentes acerca de mi profesión, se acercó a mí exhibiendo una sonrisita de complicidad. No era mucho mayor que yo, pero sí más señora y eso la hacía parecerlo. Vestía traje de chaqueta marrón con la falda justo por debajo de la rodilla y fumaba con aire desenvuelto, no llevaba pañuelo. Quiero decir que no se trataba de una campesina, sino de una dama drusa bien educada. Pues bien, se sentó a mi lado, me puso una mano en el muslo y, dándome unos golpecitos tan cómplices como su sonrisa, dejó caer:

—Qué bien le ha salido la jugada a Ariel Sharon.

Pensé que se refería a un sonado asesinato selectivo que había tenido lugar hacía poco en Gaza.

—No, no, lo de Clinton —aclaró ella—. ¡Mandarle a una judía para que le sedujera y acabara con él!

—¿Una judía?

—¡Lewinsky! ¡Lewinsky! ¡Monica Lewinsky! En cuanto me enteré, supe que había sido idea de Sharon.

Ésa fue la noche del Complot en el balcón.

Pero esta última de ahora, querido Manuel, ha resultado más rara, con una primera parte pintoresca y una segunda que sí tiene nombre. Durante la primera, la cena, en el balcón se respiraba un ambiente atareado y grato, con Wafa en caftán sirviendo su *tabboule* y otras cosillas —muchas cosillas—, Nadim preocupado de que no me faltara combustible y yo entregada al cuidado del carbón de mi narguile, tarea en la que voy mejorando con los años. Había más invitados y yo pensaba en lo bien que me sentía, lejos de las elecciones autonómicas catalanas y de sus pugilatos por el catalanismo; por suerte, además, durante la cena nadie sacaba el tema multicomunitario. Que si éstos son malos, que si los otros son peores, que si otros fueron estupendos pero ahora están mal... Idiota de mí, se me ocurrió complacerme en voz alta: qué bien estoy, etcétera.

Uno de los contertulios, muy sensato, comentó que ser nacionalista obsesivo —fue él quien redundó, yo sólo reproduzco— es tan absurdo como ser la madrastra de Blancanieves y preguntarle todas las mañanas al espejo quién es más guapa que ella. «Por supuesto que siempre habrá una Blancanieves más nacionalista.» Me pareció una imagen brillante, un hallazgo, y le pedí permiso para usarla. En éstas, un invitado que había hablado poco, atareado en rebañar *tabboule* con hojas de col blanca —mucho mejores para este menester que la más común lechuga—, dijo lo siguiente: «Los alemanes son los más inteligentes. Son una raza superior. Habrían ganado la segunda guerra mundial de no haber sido por los italianos, que son tontos e inferiores.»

Decididamente, tendría que haberme callado. Una no sabe nunca con quién se va a encontrar.

La segunda parte del balcón, esa noche, podría llamarse la Desesperanza. Cuando se iban los otros invitados, Wafa me hizo una seña para que me quedara a tomar una última copa. Y allí empezamos a hablar los tres del sentimiento que compartimos: la falta de confianza en el futuro, el miedo a los políticos y a los que se mueven en el submundo de los servicios secretos. Nadim y su mujer tienen colocados a sus hijos, el mayor ha vuelto a Jedda a trabajar con los Bin Laden buenos y el pequeño ha conseguido meterse como informador deportivo en una televisión japonesa. Él sigue en el Cavalier con su cargo y ella va a continuar con sus estudios en la universidad. Pero carecen de esperanza.

No les pude mentir. Yo tampoco la tengo. Vivo como si la tuviera. También ellos.

Nino, el tendero libanés-argentino de enfrente del hotel, me llama cuando salgo a por los periódicos. Cruzo la calle, seguro que tiene un café amargo y una historia picante para mí, como suele. Pero esta vez la historia es más amarga que el café. «Estaba abriendo el comercio, fijáte vos, y me di vuelta y una mujer musulmana, con su pañuelo, su gabardina, se encontraba detrás de mí, pegada a mí. Me agarró un susto de muerte, podés imaginar, pero la pobrecita lo que quería era ofrecérseme por doce mil libras, ni diez dólares. ¡Una musulmana! Era linda, de unos veinticinco, me dio pena, le di la plata y le dije, andá, andá, y que no te vuelva a ver por aquí. ¿No es terrible? ¡La pobreza! Hay 350.000 personas sin hogar, y con estas lluvias...»

Añadió que es lo más fuerte que le ha pasado nunca, y eso incluye la voladura de su antiguo negocio, que se encontraba al lado del lugar en donde atentaron contra Hariri, hace diecinueve meses.

Hay días en que al salir de casa ya te pones de mala leche.

Durante el turno de preguntas que siguió a mi conferencia en el Instituto Cervantes de Beirut una libanesa quiso saber:

—Esta guerra, a usted, a pesar del dolor y del miedo, ¿le ha ido bien en el sentido profesional?

—Sí —confesé—. Me sacó de la rutina, me devolvió las ganas de narrar, encendió Beirut de nuevo dentro de mí, el periódico para el que trabajo apreció mi experiencia en este país... y me siento mucho más viva que antes. Sí, a mí la guerra de ustedes, lamento tener que decirlo, me ha venido muy bien.

Lo cual nos lleva de nuevo al territorio enfangado de la culpa, en el que tanto tú como yo hociqueamos de vez en cuando, cada uno a su manera, pues nos acercamos a esta región —como tantos otros— impulsados por nuestro amor y nuestra necesidad de crearnos vínculos, pero no podemos ni sabemos ni queremos renunciar a los beneficios que de ello se derivan. Nuestra procedencia nos permite disfrutar aquí sin restricciones de la oferta local: emoción, sufrimiento, rarezas, sobresaltos, belleza del momento y del paisaje, exaltación de la sensualidad, apoteosis de la contemplación... y un nivel de vida más alto del que gozaríamos en nuestras ciudades europeas. Los restos de las gangas que acompañan toda aventura colonial conviven en nosotros con el genuino afecto que profesamos a esta tierra, a su gente. ¿Cómo explicarles, y ahora hablo solamente de mí —no tengo datos para pretender ponerme en tu lugar o en el de otros— que también pagamos, a nuestra manera, un precio alto por ser fronterizos? Beirut reconoció mi alma vagabunda y se hizo con ella, exploró la desazón de los anocheceres en que temo haber perdido el rastro y me permitió adentrarme en su oscura historia, en su accidentada geografía. La huérfana y la solitaria y la indómita y la pesarosa y la angustiada y la dura y la cálida: todas las mujeres que hay en mí recibieron el amparo de esta amante lenta y cuidadosa que es Beirut, hasta en su crueldad para con aquellos a quienes elige.

Por eso cuando le robo las historias de su gente, cuando me apodero de mundos que no me pertenecen y los usurpo y hago míos, cuando convierto a Beirut en la materia que me alimenta como escritora: cuando hago eso me detengo y me digo que la culpa forma parte del precio que hay que pagar, pero no es todo el precio. Lo peor llegará el día en que Beirut ya no me quiera y me deje colgada al extramuros del amor que hasta ahora me permite abrazarme a la ciudad y acostarme con ella, cerrar los ojos todas las noches y soñar que cuando vuelva a abrirlos por la mañana Beirut seguirá aquí, conmigo.

Mi amigo el librero —hablando de precios— me ha costado casi quinientos dólares en últimas novedades recién llegadas a su establecimiento. Él también tenía una buena historia para mí: un médico de cirugía plástica conocido suyo, una eminencia, ha estado de viaje profesional por una zona de Israel cuyo nombre mi librero no recuerda, pero en la que ha descubierto un curioso fenómeno. Casi todos los niños de entre siete u ocho años tienen los ojos rasgados y lucen ortodoxos tirabuzones. Según el doctor, los israelíes empezaron hace más o menos ese tiempo a mandar a sus mujeres a China para que fueran fecundadas por hombres de allá y así luchar —con un ejército de chinitos ultrabíblicos— contra el elevado índice demográfico de los árabes. Es un cuento delirante y por eso mismo le presto atención: la entera región delira un día tras otro. Me pregunto si el buen doctor habrá sido reclamado por los israelíes para que les redondee los ojos a los pequeños hebreos trucados.

Como de costumbre hemos hablado de política. Él también cree que puede ocurrir algo cuando termine el ramadán —mañana es el último día—, pero más incidental que importante. Continúa fiel a Aoun y piensa que estadounidenses y británicos van a retirarse de Iraq más temprano que tarde: ninguna novedad.

Me alegro de que finalice el ramadán. Ya sé que a ti te gusta. Supongo que ellos lo viven de otra manera, con sus devociones y sus recogimientos, pero a efectos prácticos los inutiliza. Durante el día vagan obsesivamente sin comer, beber ni fumar; a media tarde se ponen nerviosos y cuando se acerca la hora del banquete conducen como locos camino de sus casas. Nuri lo lleva muy mal. A los ochenta y cinco años no debe de resultar fácil aguantar tanto tiempo sin ingerir alimento sólido o líquido. Me preocupa, además, su estado mental. Le he pillado un par de veces intentando atropellar a alguien: a un motorista y a una mujer que cargaba con las bolsas de la compra. «*Nuuuuuri, stop!*», le reprendí, gritando tanto como pude, en las dos ocasiones. Me dirigió una risotada impregnada de cruel senilidad.

Ayer fui a Besharre y a Los Cedros, en el santo monte Líbano de los maronitas, con Ramón, Salim y Mónica, y todavía siento en la piel la resina dulzona del nacionalcristianismo, ese ungüento letal compuesto por una mitad de fanatismo partidario y otra de intransigencia religiosa. Cruces y cruces y cruces por todas partes. De tamaño monstruoso —se iluminan por la noche— en lo alto de las cumbres; rematando edificios, verjas; diseminadas en jardines, pintadas en comercios y fachadas. Cuesta distinguir una farmacia entre tantas muestras de piedad.

Su patriotismo es antiárabe, no antijudío. Un joven quiso ver la foto de la primera página de *The Daily Star* que estábamos leyendo, en la que aparecía un muchacho atrapado por un grupo de soldados israelíes. Le dijimos que no se preocupara: «Ha ocurrido en Palestina, no en el Líbano.» «*Call it Israel*», respondió él. Llamadlo Israel. Y esto me conduce a la anécdota que viví con un pariente de una amiga libanesa que reside en España. El caballero se pasó media tarde contándome que los militantes de Hezbolá violan a las mujeres cristianas y se comen crudos a los niños después de descuartizarlos, y otras patrañas por el estilo; luego me dijo que Israel les tenía que haber cortado el cuello a todos. Recostándose plácidamente en su sillón y mientras se llevaba la tacita de café a los labios me preguntó, por último, si en mi opinión los libaneses volverían a enfrentarse en un conflicto civil. Le respondí con dulzura: «Con gente como usted, no lo dude.»

Le he contado las dos anécdotas maronitas al librero y se ha encogido de hombros: «Son como son.»

Hoy regresa Tomás de Barcelona, en donde ha pasado semanas de baja porque en Tiro se hizo daño en un pie y continuó trabajando: no podía abandonar, en plena guerra. Los amigos vamos a buscarle al aeropuerto. Ha sido una temporada muy larga, sin Tomás y con ramadán.

No voy a responder a tu nuevo mensaje por correo electrónico. Has recibido una mejor oferta de trabajo en Dubai, abandonas a los rusos en su paraíso oriental de la compra y te vas al paraíso oriental del turismo occidental más ostentoso: los peores libaneses quieren que su país sea como Dubai, admiran su capacidad para construir bungalows-islotes que dibujan en la desdichada mar la silueta de una enorme palmera de concreto y envidian su potente banca islámica. Supongo que tu faceta ahorrativa —siempre eras tan cuidadoso en las cuestiones de dinero, siempre te escandalizabas ante mis despilfarros; y, sin embargo, eres generoso como corresponde a tu generación: con las Causas— ha podido con el espíritu aventurero que yo te adjudicaba.

Estás pensando, añades, dedicar tu tesis a otro tema que no sea el Líbano. Bien hecho: puedes estudiar el esplendor arquitectónico de los Emiratos y compararlo con su sequía moral.

Se acabaron los contactos. No quiero que tu realidad arruine mis fantasías acerca de ti. No deseo dejar de apreciarte ni perderte el respeto.

Fuiste y eres como yo quise verte durante unas semanas de verano. Quizá te inventé. Sin embargo, mi afecto es genuino. Necesito para mi libro —que forma parte de mi vida deseada— la melancolía que me despierta tu ausencia.

Y si no te gusta cuanto escribo, te aguantas. Te pusiste en mis manos al aparecer en el Cavalier. Nadie tiene derecho a la inmunidad cuando, a sabiendas, se acerca a alguien que ha hecho de la literatura su oficio.

La desangelada espadaña color tierra de la iglesia del Rosario se refleja al final de la tarde en las ventanas del edificio de enfrente, justo en el piso superior al que ocupa la pareja de hombres. Los he visto todas las tardes preparándose el *iftar* de ramadán. También ellos me ven a mí. Nos reflejamos mutuamente en los ventanales, nos intuimos. Sé que duermen en camiseta y calzoncillos, ellos saben que uso pijama. Eso es todo.

¿Quién conoce bien al otro? Pasamos la mayor parte del tiempo imaginándolo, incluso quienes se matan entre sí. Sobre todo quienes se matan. Pero a menudo queremos matar a quien conocemos —o nos conoce— demasiado bien.

Por increíble que te parezca, Beirut ha vuelto a llenarse de turistas. Sirios, gente del Golfo, libaneses que viven en el extranjero. Han venido para la fiesta del Eid el-Fitr, los dos días que celebran el regreso a la normalidad, y se quedan durante la semana. Ya sé que lo hacen todos los años. Pero no creí que se animaran a venir después de la guerra. Han acudido como de costumbre, sin que les importen las actuales condiciones en que se encuentra el Líbano. Ellos lo conocen mejor que nadie. Saben hasta qué punto este árbol puede resistir el peso de sus frutos.

En mi hotel, lleno de sirios, trabajan a pleno rendimiento.

—¿No habíamos quedado en que no les gustan los sirios?

Risas:

—A ellos les gusta Beirut. Vienen siempre que pueden. A comprar, a disfrutar de nuestras libertades.

Yo también me echo a reír. No tenemos arreglo.

Valía la pena aguantar el ramadán para disfrutar de su alegría de ahora. He visto a un empleado de mi propio hotel decirle ¡a un saudí! que no quedan habitaciones libres. Las calles revientan de animación. Los joyeros han sacado de sus cofres las piezas más ostentosas y caras, esmeraldas y diamantes engarzados en soportes imposibles que convierten un anillo en una arma defensiva femenina de tamaño considerable. Hay que admirar la destreza con que, a primera hora de la mañana, colocan el género a la vista, con las manos enfundadas en guantes de algodón. Además se anuncian las *nouvelles collections* (de París pero también de Italia y, desde luego, de los diversos feudos de la imitación más esmerada). Se han abierto tiendas especiales para estos días. He contado dos o tres cerca del hotel y dos nuevos cafés. Sirias con pañuelo, mujeres del Golfo con el rostro cubierto, muchachas vestidas con audacia europea y libanesas residentes en el extranjero han tomado las aceras para ir de compras. Da gusto verlas.

Empezaron a llegar el domingo por la tarde. Junto con los turistas vinieron los parientes que tuvieron que interrumpir sus vacaciones en el Líbano a causa de la guerra del verano, y otros que no se han atrevido a venir hasta ahora. Amigos del alma separados por el miedo, también. En definitiva, corrían ríos de lágrimas en el aeropuerto, mientras esperábamos a Tomás, que llegó con retraso.

Escenas que atraviesan la fina película de entusiasmo con que nos hemos recubierto, escenas que tocan nervio. Avanza por el pasillo una muchacha enlutada, sobre botines negros de altísimo tacón —otra especialidad libanesa—, el pelo rubio y suelto y el rostro bañado en llanto. Se tambalea y no por los tacones —las mujeres de aquí son expertas en subir y bajar cuestas sobre plataformas de veinte centímetros—, sino porque alguien muy cercano murió en Beirut durante su ausencia. La sostiene un hombre joven, ella no para de llorar. Muy cerca, dos mujeres se abrazan. Por el atuendo parecen iraníes. Son jóvenes y guapas. También lloran. Cuatro o cinco o seis besos después entiendo qué es lo que llama mi atención de esta secuencia: sus labios y narices, cirujano mediante, son idénticos. Pero el placer de reencontrarse es genuino.

Y están las abuelas modernas, afrancesadas, que no obstante corren hacia sus nietos gritando de placer y los toman en brazos a la manera árabe, aunque el crío sea ya un zangolotino de nueve o diez años. Los alzan, abrazándolos, los bailan, los acunan.

Cuando por fin aparece Tomás, quien se ha puesto a llorar ante tanto reencuentro soy yo y se me olvida sacar la cámara. No hay foto de su vuelta. Bien, habrá otras fotos. Otros días.

Por debajo de la fiesta continúan las aguas turbias. Ha explotado otro artefacto testimonial en Ramblet el-Baida, cerca de las residencias de los embajadores de Arabia Saudí y de los Emiratos Árabes Unidos. Los aviones israelíes siguen desobedeciendo a Naciones Unidas y sobrevolando posiciones libanesas en el sur. También pasan por Beirut. Ya no me gusta tanto estar en un piso alto. Anoche mi habitación parecía la primera secuencia de *Apocalypse Now*. Conté hasta ocho helicópteros militares. Supongo que trasladaban soldados hacia el sur. Puede que fueran españoles.

Fui al café Gemmayzeh con Ramón Lobo, Javier Bauluz —el único Pulitzer español, de fotografía— y la mujer de éste, Patricia. Pasamos un rato estupendo, manejando recuerdos, contando historias. Reíamos, éramos momentáneamente felices. A la libanesa, creía yo. Música, canciones, narguile, fotos, copas. De repente miré alrededor y me di cuenta de que en la mayor parte de las mesas la gente permanecía callada, ensimismada, aburrida, harta. Creo que nuestra alegría no les gustaba.

Me pregunto cuándo empezarán a cansarse de nosotros, de nuestra benevolencia, de nuestras propinas. Sucederá cuando lo real comparezca sin velos, cuando la descarnada cotidianidad los abofetee. Me dicen que la luz y el agua cuestan hoy el doble que antes de la guerra.

Los políticos se entretienen en lo mismo que antes de la invasión. Decidir qué día reunirse para mantener conversaciones sobre la conveniencia de seguir reuniéndose para formar un gobierno de unidad nacional. O no. La crispación y el desacuerdo forman parte del desayuno: aparece en los periódicos, en los informativos de televisión. «Hay dos clases de libaneses —me cuenta un amigo—: Los que estamos tranquilos porque no queremos informarnos y los que se angustian porque siguen las noticias.» Lo que tenga que ocurrir ocurrirá igualmente.

¿Recuerdas el suplemento juvenil de *L'Orient-Le Jour,* el llamado *Les Copains?* El último que salió, tres días después de la guerra aunque impreso antes, preguntaba en su titular de portada: «Terminado el Mundial de Fútbol, ¿qué haremos para divertirnos en vacaciones?» Yo no me había fijado, fuiste tú quien me lo mostró. Bien, durante dos meses y pico dejó de salir por limitaciones en el suministro de papel; volvió a los quioscos, con una nueva pregunta: «El 9 de octubre, ¿volverán todos a la escuela?» Efectivamente, los colegios públicos abrieron más tarde, y los privados aún se demoraron más, y en cualquier caso hubo que reconstruirlos o remozarlos, hubo que colocar ventanas y sacar escombros. Arabia Saudí se comprometió a correr con los gastos de matriculación de los alumnos públicos, pero los privados tienen que arreglárselas como pueden. Y en cualquier caso, muchos niños no irán ya al colegio. Los que murieron en las aldeas del sur. Los que a diario quedan despedazados o malheridos por jugar o tropezar con bombas de fragmentación.

Reír o llorar no cambia nada. La realidad permanece. Cuando los turistas y los parientes dejen Beirut volveremos a encontrarnos con la realidad y sus rencores. En el invierno de un país humillado.

Lo llevan peor —el actual estado de las cosas— aquellos que vinieron impelidos por su humanitarismo. Los que buscan causas. El Líbano no es una Causa. Es un tango: *Cambalache.* Quienquiera redimir a los libaneses perecerá en los infiernos de la desilusión. Los mochileros del *oenegeísmo* tienen mucho que ofrecer en el sur de la ciudad y del país, en donde serán bien recibidos, dada la escasa respuesta gubernamental. Y en los campos palestinos, en donde se apretujan los más desposeídos de este mundo, territorios en donde armas y palabras también dividen y degradan. Pero se equivocan si esperan recibir algo más que el agradecimiento superficial de costumbre, las frases hechas y los sobados intercambios de cumplidos.

Si tratan de entender, si intentan comprender, si buscan buenos y malos, izquierdas y derechas, nuestros bienaventurados mochileros recibirán una sorpresa.

Por debajo de la babosidad de los versos patrióticos y de los himnos y de las frases hechas de los catálogos turísticos asoma un Líbano tan encrespado como su geografía. Detrás de toda esa verborrea a base de cumbres nevadas, cedros, leche y miel, la montaña se muestra con crueldad, obliga a su gente a vivir en permanente cuesta. En la manoseada sensualidad atribuida al litoral conviven fanatismos nada eróticos.

Éste es un país para amarlo tal como es. Incluso cuando hiere. Y eso es lo que te da.

Últimos días de octubre. Se marcha Ramón Lobo y me entristece porque lo hemos pasado muy bien. Es un catalizador. Gracias a él hemos celebrado agradables cenas con Mónica y Salim, con Bauluz y Patricia, con Sandra —una amable muchacha de sangre libanesa y española; creció en El Cairo y estudió en Estados Unidos—, con Tomás. Los Bauluz se van esta semana, también con pena. Pronto no vendrá nadie, aunque tal vez Mikel Ayestarán consiga pasar aquí un fin de semana, viniendo desde Damasco. Mikel, premiado y profeta en su tierra vasca, se quedará una temporada en Siria. Antes nos habremos fumado unos narguiles en el Krakaya, un pequeño café muy agradable situado cerca de mi hotel y en cuya terraza, protegida de la lluvia por la amplitud de los salientes de los balcones, los amigos solemos sentarnos a fumar y ver pasar a los viandantes. Hace un par de noches descubrimos a Jean Said Makdisi, hermana de Edward W. Said y autora de *Beirut Fragments*, un libro que me entusiasma. No tuve coraje para salir corriendo y pedirle una entrevista. Desapareció en la noche: mayor, la cabeza inclinada. «*Le corps incline déjà la tête, étonné d'être encore debout*», cantaba Brel.

Han ocurrido tantas cosas en el mundo desde que murió su hermano. Cada vez que sale Daniel Barenboim con su orquesta mixta de jóvenes árabes e israelíes me entra coraje al pensar en Said, que tuvo la idea de fundarla y murió demasiado pronto; en sus certeros juicios, que también hemos perdido.

Sin noticias llamativas que empujen al Líbano a recuperar la cabecera de los informativos, con este temor sordo y el desolado invierno, tan cercano, nos quedaremos solos. Sin periodistas, sin eco, pero con el sufrimiento íntegro, con la imparable incertidumbre.

El mundo entero es un campo minado en donde brota la flor del mal a cada momento. Hay prioridades. Número de muertos, glamour, novedad. El Líbano resultó sorprendente el último verano, después de tantos años: mira tú, otra vez éstos. Parece que han transcurrido siglos desde que los periodistas empezaron a afluir hacia aquí. He conocido a gente nueva muy valiosa, los he nombrado. A otros ya los conocía y también los nombro. Con Guillermo Altares no pude coincidir: me habría complacido trabajar con él.

He querido ponerme a prueba, enfrentarme a una sombra. He regresado —el verbo que más conjugo en este libro, regresar; la palabra más usada: tiempo— al local en donde se encontraba el piano-bar Backstreet, lugar de reunión de periodistas en los años ochenta, en donde perdí a un amigo para siempre. La traición de los amigos ha sido creada para compensar la amabilidad de los extraños. O viceversa. El caso es que hace dieciocho años hubo alguien, un colega, que me traicionó birlándome una entrevista para un medio que ni siquiera valía la pena. Yo lo supe por casualidad y callé. Nunca se lo reproché y él, cegado por su carisma y alguna sustancia más, debió de considerarme idiota. Su castigo: dejé de quererle. Acudí sin embargo a nuestra cita en Backstreet, le sonreí como si nada. En adelante resultó así de sencillo. Él creía que tenía mi afecto y yo sonreía porque no quererle era mi venganza.

Cuando murió me pregunté si podría haber reprimido mi indiferencia, y la respuesta fue no. Yo entro en la Edad del Hielo si me traiciona un amigo. Sin embargo nunca pude volver al Backstreet, que con el tiempo se convirtió en un cibercafé bastante sórdido. Hice que mis personajes de ficción —mis comisionados— lo visitaran en una página u otra. Pero nunca me atreví. Hasta hoy.

He caminado desde el Blue Building y casi paso de largo creyendo haberme equivocado de dirección cuando he visto un establecimiento en obras y he reconocido la barra rectangular en la que tantas charlas y copas compartimos. Al entrar, una mujer algo mayor que yo me ha confirmado que esto fue el mítico Backstreet que ya nadie recuerda. A partir de noviembre se abrirá como restaurante francés, café Lautrec. Hemos hablado un rato —se llama Barbara Ben Ghasali— y me ha mostrado el comedor situado en el altillo. Todo muy *chic*, muy *Belle époque* y muy *bohème.* «Me interesan clientes como usted, periodistas, intelectuales, gente lo bastante madura como para saber comer y beber, disfrutar de la vida. Estoy harta de *teenagers*», ha dicho refiriéndose a la proximidad de la Universidad Americana de Beirut y a los comederos para jóvenes que predominan en el barrio.

Volveré al Backstreet que ha perdido su alma y en donde mi particular fantasma —uno más de los muchos que habitan en Beirut— colgará de los muros de piedra junto con reproducciones de carteles de Toulouse-Lautrec y otras artísticas deformaciones de la memoria.

Eran poco más de las nueve de la mañana cuando el sonido de los aviones se ha vuelto tan ensordecedor que hasta mi optimista voluntarismo ha tenido que reconocerlo. Los israelíes rompen el alto el fuego barriendo Beirut con una ferocidad digna de sus mejores días de invasión. He telefoneado a Salim con la excusa de preguntarle qué clase de fiesta de Halloween suele celebrarse en el Líbano —he descubierto carteles pegados en los muros, reclamos de diversas discotecas— pero él no se ha dejado engañar: «¿Los oyes?» «Sí. Son israelíes, ¿verdad?» «Desde luego. Vuelan en picado. Van hacia Dahiyeh.» Cuando ha cesado el ruido, el cielo ha seguido en silencio. Los aviones comerciales han aplazado sus vuelos. No hay seguridad en el espacio aéreo.

He aquí nuestro verdadero Halloween.

Tres horas después del último susto israelí se ha reanudado el desfile de aviones comerciales. Más calmada he salido a la calle, pero allí me esperaban más sobresaltos: en Hamra, policías de seguridad, con casco y metralleta además de sus uniformes de camuflaje, montaban guardia cada cinco metros. He vuelto a telefonear a Salim y me ha dicho que corren insistentes rumores de que dentro de una semana o diez días habrá que echarse a la calle porque los antigubernamentales van a manifestarse para exigir cambio de gobierno y etcétera. El presidente Lahoud, en sesión parlamentaria, pone trabas al tribunal internacional que deberá juzgar a los asesinos de Hariri. Los diputados se enfrentan al presidente. Nadie hace nada por el país. Nasralla nos comunica amablemente por televisión que su arsenal se ha incrementado en once mil cohetes —en su discurso de septiembre ante la multitud dijo tener ya veintidós mil—, y advierte que la FINUL no sólo no podrá desarmar a Hezbolá, sino que no podrá defender al Líbano del próximo ataque israelí.

En el Cavalier me han preguntado qué creo que ocurrirá. Preguntas. La bola del tiempo da vueltas sobre el mismo punto para conducirnos al mismo lugar, a los mismos tópicos y al mismo dolor.

Pero no pasará nada. Al menos eso he dicho a mis amigos del hotel, y espero haber sonado convincente. Zeina, la telefonista, tenía los ojos llorosos. Para una vez que se pone rímel. En el fondo estas inquietudes de quienes se alinean con el bando mayoritario gobernante sólo significan una cosa: que se saben débiles. Y que tampoco ignoran que aquí siempre se ha preferido mantener las parcelas de poder por las armas, aunque sea arrojando al país al cenagal de una guerra inganable.

Mona me telefonea con la voz alterada: «¿Has oído las noticias?» «Estoy leyendo un libro.» «¡Pues yo acabo de oírlas, pero *vraiment* en vivo! —grita. Continúa—: Ha sido aquí, en Mazra, dos explosiones, por lo menos. Y me he quedado sin luz.» «Todas las noches te quedas sin luz a la misma hora», respondo, para tranquilizarla. Las noticias hablan de un par de granadas. Otra vez el objetivo han sido las fuerzas de seguridad libanesas.

Como el hombre del saco de los cuentos infantiles de terror, se va acercando. Estoy subiendo la escalera, estoy entrando en tu casa, estoy abriendo la puerta de tu dormitorio... Sí, pero ¿quiénes? ¿No veis que es vuestra escalera, vuestra casa, vuestro dormitorio, vuestro país? Qué poco os importa vuestro Líbano, malditos.

Hezbolá amenaza con sacar a su gente a la calle si no se dan los pasos para que se convoquen elecciones anticipadas que le den mayor representación parlamentaria: conseguiría, con Aoun, un tercio de representación con capacidad de veto. Afirman estar hasta las narices de este gobierno pronorteamericano. Los otros —la concentración de partidos que gobiernan aliados con la Corriente de Futuro del hijo de Hariri— han dado instrucciones de tomar también la calle. No se diga. Y el ministro de Defensa ha contribuido a la animación asegurando que dieciocho mil soldados se hallan prestos a defender Beirut. ¿De qué? ¿A favor de quiénes?

Más que vacío de poder, hay un poder completamente vacío. ¿Tiene razón Nasralla?

Por fin se reúnen en el Parlamento los representantes de los diversos partidos políticos para ponerse de acuerdo en ver qué los une. Se trata de marear la perdiz con Hezbolá para intentar aplazar la manifestación multitudinaria anunciada para el lunes. El Centro Ciudad, con sus pintorescas arcadas y sus arabismos *made in* Solidere, se enfrenta a la ruina económica más absoluta. Sus calles más importantes dan a la plaza Nejmeh, en donde está la sede parlamentaria, y han sido cortadas al tráfico, así como las avenidas y plazas aledañas y las calles que desembocan en el puerto.

Aquellos cafés repletos de clientes que encontré en julio, antes de la guerra, durante la retransmisión de los partidos del Mundial de Fútbol, no son ni sombra de lo que fueron. La guerra y la ausencia de turismo los arruinaron. Levantaron algo la cabeza más adelante, con las cenas nocturnas del ramadán y las fiestas que siguieron, pero cada atentado, por pequeño que sea y por inocuo que resulte, supone tres días de deserción por parte del público. Uno de los rumores más extendidos es que será el Centro Ciudad —símbolo de la reconstrucción realizada por Rafic Hariri— lo primero que recibirá lo que sea que Beirut vaya a recibir próximamente en forma de desastre. Por otra parte, resulta lógico pensar que quienes desean destruir la convivencia de hogaño empiecen por donde empezaron quienes destruyeron concienzudamente la convivencia de antaño. Aunque lo que hoy convive en el Centro Ciudad sean tiendas de lujo y restaurantes para turistas.

El estrepitoso despliegue de seguridad que acompaña la reunión de los Grandes Hombres —menos Nasralla, objetivo de Israel para uno de sus selectos asesinatos: le sustituyen representantes solventes— ha hecho que muchos restaurantes y comercios echen el cierre y que otros manden a casa a la mayoría del personal. No habrá quien se atreva a atravesar la maraña de controles, a pie, para comprarse, pongamos, un bolso de Gucci, o para saborear unos espaguetis en una *trattoria* de la calle Maarad.

Anoche plantaron otra bomba en otro cuartel, también cerca de donde vive Mona. La pobre se ha convertido en el Alarido Telefónico Nocturno. «¡Ésta ha sido más grande! ¡He oído pasar ambulancias!» Serían para los enfermos del corazón, porque no hubo heridos, sólo coches achicharrados. De momento.

Pues hoy sí, mira por dónde, hoy sí me apetece darme una vuelta por el Centro Ciudad y fumarme un narguile, si es que funciona algo.

Mónica y yo éramos la única clientela de uno de los pocos restaurantes que se mantienen abiertos y con el personal reducido. Previamente nos han controlado la documentación y el permiso del Ministerio de Información y, en una tienda de campaña —gentileza para las damas— nos han toqueteado unas agentes de la policía diestras en entrepiernas. Lo previsible, un despliegue de seguridad impresionante, helicópteros sobre nuestras cabezas y, por fin, soldados en el puente desde el que fueron disparadas las granadas contra el edificio Al Aasili. En el Parlamento, los ilustres inquilinos no han hecho avances pero al menos no se han insultado. No por el momento.

Vamos a ir al sur —a Saida y Tiro— en cuanto dispongamos de un día de sol. Queremos volver a ver a Conchita y su marido. Y yo tengo algo que hacer antes, en Saida. Buscar a la chica del rostro confiado, Fátima, y regalarle su foto.

Caminábamos a media tarde por la Corniche de Tiro. Mónica cogida de un brazo de Salim, yo del otro. Algo no funcionaba bien. Nuestro amigo druso no sabía cómo poner sus remos para que encontráramos el apoyo necesario. De pronto lo entendí. En esta cultura uno nunca se pasea con una mujer como amiga de la forma en que lo hacemos los occidentales. O agarras a tu novia o a tu mujer, o la llevas suelta. Pero sólo los amigos del género masculino se tocan sin complejos. A Salim le falta entrenamiento. Pero es muy listo, aprenderá. Y además, le gusta.

No nos cogimos del brazo de Salim sólo porque le profesamos afecto. Al anochecer del día de nuestro viaje a Saida y Tiro, mientras esperábamos la hora de reunirnos con nuestros atareados amigos médicos, Mónica y yo —sin duda influenciadas por la visión de los basurales en Saida y, antes, por la persistencia del chapapote en la costa de Jiyye, cuya central eléctrica fue bombardeada por Israel— nos dedicamos a recordar unos cuantos desastres y tragedias presenciados a lo largo de nuestros años como periodistas. La trayectoria de Mónica es corta porque es muy joven. Sin embargo, es profunda: su madurez la ha llevado a Gaza, a Hebrón, ahora al Líbano. Ha estado en América Latina. Recordando unas cosas y otras, nos hemos puesto las dos de muy mal humor, con mucha tristeza. Y nos hemos agarrado al chico, qué le vamos a hacer. También nos escuchaba con pena.

Entonces ha pasado una monja católica gorda como un bocoy, caminando recatadamente con sus hábitos de antiguo régimen y dirigiéndonos miradas reprobatorias. «Mueve los muslos como si hiciera croquetas con las ingles», he comentado. Lo cual ha roto fugazmente nuestra aflicción.

La cena con los amigos pediatra —Conchita— y cirujano —Abdel Nasser— ha sido emocionante. Mesa puesta, gran comilona, un invitado más —otro médico, que estudió en Barcelona y habla español—, y la niña mayor, Lynn, convertida ya en adolescente —ha cumplido trece años—, sentada con los adultos por primera vez. Hemos reído mucho y hablado de política durante horas. Lynn se ha retirado a su dormitorio antes que los mayores. Cuando he ido al baño la he sorprendido haciéndose cepillar la densa melena por una criada filipina que es como de la familia. Al salir del baño he entrado a darle a Lynn el beso de buenas noches. Tenía el cabello oscuro y rizado desparramado sobre la almohada y los ojos, bellísimos y negros, muy abiertos. Sufrió los bombardeos. Temió que su vida acabara allí. Respeto cada pelo de su cabeza.

Cuando llegamos, Conchita nos recibió con abrazos y sonoras risas de alegría. El piso desprendía calidez. Había desaparecido aquel halo de desesperanza que nos envolvió la noche en que hablamos de la guerra. Lynn tocaba Beethoven al piano, briosamente. Pero miré a Conchita a los ojos y vi en ellos lo mismo que en aquella ocasión. Vi tanto temor, tanto, tanto, tanto, tanto temor disimulado —bien vestida, mejor maquillada, gran sonrisa— para que su familia no lo advirtiera.

Sí, Manuel. Tus amigos tenían razón. Las miradas ya no son las mismas. No volverán a serlo.

Fue por su mirada que no reconocí a Fátima, aunque sí supe enfilar hacia su tienda en cuanto nos acercamos al zoco de Saida, esa misma mañana. Entré en el comercio de ropa infantil en donde un par de mujeres jóvenes charlaban con una mayor tocada con pañuelo. Mostré el retrato y les pregunté si conocían a Fátima. Menos mal que, en la confusión del momento, sólo Mónica —que hacía fotos del reencuentro: es muy buena con la cámara— se percató de mi despiste. Pero no era despiste. La Fátima que fotografié antes de la guerra, con su camiseta del Mundial de Fútbol, con su pañuelo con los colores de Alemania al cuello, con su pelo recogido y su expresión esperanzada, existe sólo en mi recuerdo y en aquel retrato. Ahora es una mujer. Los mismos rasgos de antes, pero su belleza y juventud son ahora más sombrías. Reflexiva, le cuenta a su hermana y a su madre cómo la retraté aquella mañana en que el mañana era aún creíble. «¿Española? Buenas personas», se anima la madre, quien, después de obsequiarnos con altramuces, nos despide agitando los brazos y recurriendo a la lírica de Manolo Escobar: «¡Que viva la España!».

Fátima sigue siendo guapa. Y no obstante, es una mujer a quien la guerra le apagó la luz.

Los mensajes del destino suelen elegir como portadores a seres improbables. Y hacen bien. Imagina que alguien se te acerca en toga y coturnos y que recitando solemnemente, te comunica que tu vida va a cambiar. Más que eso, que tu vida será tal como la has escrito hace años en un libro que ya no te pertenece.

Te echarías a reír. O acompañarías al pobre hombre al hospital más cercano para que le examinaran la cabeza. «Cree ser un augur y no lleva documentación encima. ¿Pueden hacer algo por él?»

Pero si una joven periodista libanesa de la revista *Printemps* te propone entrevistarte, y graba hora y pico de conversación contigo, y sale después corriendo porque tiene dos o tres empleos más, ni por asomo la tomarás por loca. Ni mucho menos por una mensajera del destino, una de esas manos que aparecen para empujar la rueda cuando, encontrándote sin saberlo ante lo que podríamos llamar un paso decisivo, no das con el mecanismo que te ayudaría a ponerte en marcha.

Colette Mamziye es joven, simpática y parece muy atareada. No es consciente de la inseguridad que provoca en el otro con su combinación casual de errores de horario, día y lugar al acudir a las citas, más sus entusiastas y desconcertantes preguntas. Interrogando es como un tenista que lanza decididamente su pelota contra una maraña de redes de pesca hundidas en el mar; la maraña le devuelve una caracola y él sigue jugando como si tal cosa. Así es cómo Colette te plantea la siguiente pregunta. Como si la sacara de un fondo marino.

—¿Qué tal con la chica de *Printemps*? —me preguntó después Tomás.

—No es la misma que te entrevistó a ti. —Sobre mi amigo de *La Vanguardia* salieron un par de páginas muy apañadas—. No creo que se aclare con la cinta que grabó. Además, he empezado a recibir llamadas muy extrañas.

Inquietantes llamadas telefónicas en las que Colette requería las motivaciones que propiciaron un hecho *inexistente* de mi biografía, o bien me urgía a que le *soplara* —cual si de una noticia bomba se tratase— cuándo aparecería en España el libro que ahora estoy escribiendo —este libro— y que según ella se titula *Hombres de lluvia,* ignorando por completo que ésa mi anterior novela fue impresa y publicada hace casi cuatro años, como la propia Colette-Toda-Prisas podría atestiguar si dispusiera de tiempo para fijarse, ya que le regalé un ejemplar y se deshizo en muestras de gratitud mientras lo palpaba, voluntariosa.

Por fin apareció la entrevista, corta y embrollada. Sólo que... Esta chica tiene un don. Absurdo, pero un don, al menos en lo que a mí concierne. Ha conseguido ordenar mi Caos, merced a su descomunal Malentendido escrito negro sobre blanco. Sus palabras proceden de un fondo marino: el mío. Sus tergiversaciones, sus errores de bulto, sus interpretaciones insensatas: en resumen, su disparatada visión de mí —que, según ella, amo el Líbano con «*un amour fusionnel inexplicable*»— me ha devuelto rota en pedazos una ánfora recién rescatada de las profundidades. No me ha costado recomponerla, ayudada por el ímpetu que fluye de mí —el ímpetu que me ha conducido a escribir este, este y no cualquier otro libro—, recogiendo una pregunta suya de aquí y una respuesta mía de allá y frases sueltas, frases que sí pronuncié, que se encuentran en su cinta grabada aunque ella las haya introducido mal en la entrevista. Recompuesto el trabajo de Colette, reconducido, me doy cuenta de lo que contiene el ánfora y de por qué *Hombres de lluvia* se cruza constantemente en lo que ahora escribo, más allá de la coincidencia de que su acción también transcurra en Beirut.

Escribí *Hombres de lluvia* para darme una fantasía necesaria, para ser todos los personajes que en aquella novela viven en Beirut y para pertenecerle. Pasado el tiempo y nuestros desajustes —mi pelea con la ciudad en septiembre de 2004—, recibido el memorable tirón de orejas que supuso la guerra última, he vuelto para escribir este nuevo libro desde las tripas, las de Beirut y las mías. Y me he dado el placer —que he descubierto tarde, pero no demasiado, y gracias a los errores de Colette, a su puzzle sobre mí—, me estoy dando el placer de convertir la fantasía en realidad. Malcolm ya no es el joven protagonista que inventé para la otra narración: Manuel vive en ésta. Y ya no envidio secretamente a mi personaje femenino, Valeria, cuya existencia hunde sus raíces en Hamra como yo habría querido que se hundieran las mías.

No se equivoca la periodista confusa cuando cuenta el argumento de *Hombres de lluvia* presentándolo como si fuera el del libro que actualmente escribo y que he decidido titular *La amante en guerra,* refiriéndome a Beirut. Mi afecto por ti, este brutal regreso a mi conciencia de una maternidad de la que fui desposeída y que creí anulada, no podría haberse producido en otro lugar: sólo en Beirut y porque ya lo escribí, ya lo germiné en mi anterior novela. En este decorado entregado al azar que es la ciudad, la búsqueda de lo imposible deviene necesaria. Por eso mis ficciones se materializan. Las saludo sin temor. No tengo tiempo para tener miedo.

Sé lo que debo hacer. La literatura nutre mi realidad igual que lo hace el periodismo. Y los tres se conectan en esta ciudad a la que amé en una de sus primeras guerras y a la que he sido devuelta por una de sus últimas.

Mi vida se hace mientras la escribo. Habito en mis páginas, me muevo en ellas como un personaje. Así es cómo me veré cuando recorra el apartamento que pretendo alquilar para echar raíces y pasar en Beirut parte del año: como un personaje que cambia de habitación como si cambiara de capítulo.

La actualidad libanesa es como una película proyectada en cámara lenta en la que, de improviso, se colara una secuencia demasiado acelerada y de otro color: roja, violeta. Yo he alquilado por fin el piso que lentamente imaginé para mi vida aquí, el gobierno y la oposición han interrumpido súbitamente su diálogo de sordos, los ministros de confesión chií y otro miembro del gabinete, amigo del presidente prosirio, han presentado la dimisión. Cada día nos vemos obligados a convivir con más soldados y fuerzas especiales de las que veíamos el día anterior. Se habla más que nunca de un inminente atentado, de tomas de la calle por parte de la oposición. Hay enfrentamientos aislados pero peligrosos en los barrios más marcados por el recuerdo de la guerra civil.

Sentimos fatiga al tiempo que excitación. ¿Qué será lo próximo? ¿Quién caerá acribillado o saltará por los aires? ¿Dónde están los verdugos? ¿Qué pueden hacer los inocentes?

Delante de mi apartamento hay dos hombres que pastorean a sus palomas. No puedo verlos, pero sí a sus tórtolas, que sobrevuelan por encima de los altos edificios y no se asustan por el paso de aviones. Son como todos nosotros.

Mi gran balcón —que ocupa por completo la fachada norte de mis dos habitaciones: sólo cristales y cortinas entre Beirut y yo— da a una pequeña calle sin nombre situada entre la prolongación de Jeanne d'Arc e Ibrahim Abdel Aal, a poco más de una cuadra de la calle Baalbek, donde hice vivir a mi personaje Valeria copiándole la casa a Tomás. Habito, pues, muy cerca de mi amigo Alcoverro, el primero de los hamriotas. Frente a mi casa tengo la parte posterior del Wiener House Hotel, hoy en decadencia, pero al que en los buenos tiempos de la OLP en Beirut Arafat enviaba a sus ilustres huéspedes. Durante la guerra acogieron refugiados. Todavía quedan en las terrazas colchones de gomaespuma puestos en pie uno junto a otro, como si esperaran en actitud de firmes una nueva remesa de desplazados. A mi espalda tiene su casa Saad Hariri, hijo de Rafic y jefe de la coalición 14 de Marzo, mayoría en el gobierno. Es candidato a atentados como todos los líderes aquí. O casi todos. No me importa, soy como las palomas.

Es un barrio tranquilo, trabajador. Con verdulerías y una tienda de flores llevada por una musulmana que consiente demasiado a su pequeño hijo varón —el niño juega a incendiarse la bragueta con un mechero—, y ultramarinos cuyos aprendices te traen la compra a casa. Buena gente que sin duda alguna vez se pregunta, igual que yo lo hago acerca de ellos, hasta qué punto podemos confiar mutuamente.

Mi calle es pequeña y silenciosa y hay árboles en el patio que da entrada a mi inmueble, así como una fuente de piedra, una fuente seca pero iluminada de noche. En Beirut existen calles en las que te puedes precipitar en el interior de un bache, por falta de luz. Pero las vías más conocidas no carecen de árboles favorecidos por una lámpara situada en la base de su copa. Algunos muestran las tonalidades malvas del otoño. Los conserjes de mi bloque son amables y el dueño, de la conocida familia Daouk —tienen muchos negocios en el barrio—, me recibió en su despacho para realizar los trámites del alquiler. Ceremonia suprema. Contaron el dinero varios miembros masculinos de la tribu antes de pasárselo solemnemente al patriarca. Factura con firma y sello y tampón con la fecha. Saludos y promesas. Pactos entre caballeros.

Siento una turbia emoción por ser habitante de Beirut, inquilina de uno de sus edificios espectrales. Ciudadana de Hamra, finalmente.

He escrito finalmente. Pero ¿hay un final? El paso del tiempo no conduce en Beirut a ninguna parte, siempre nos hallamos en el punto de partida. O en el punto de mira.

Otra Beirut —quién sabe cuál será su aspecto, cuáles sus venganzas— se impondrá a ésta de ahora. Mi emoción es turbia porque está teñida de melancolía por las versiones de la ciudad que he conocido anteriormente, aquellas que se superponen y parecen ahogarse pero que nunca desaparecen. Cuando tomo un café en el Charlie Brown del hotel Cavalier me veo a mí misma bailando rock'n'roll veinte años atrás, veo a los camareros de entonces y a Sami, el chófer que cuidaba de mí. Nos hemos dispersado, otros han muerto, pero debajo de la decoración minimalista del Charlie Brown de hoy rugen aquellos broncos días.

En el 89, cuando Beirut oeste parecía a punto de hundirse en el mar por el peso de sus barricadas, este callejón en el que ahora habito permanecía desaparecido entre sacos terreros y pandillas de soldados. Pero sólo a unos metros de aquí se encuentra la antigua sede de la agencia Associated Press, al abrigo de cuya seguridad Juan Carlos Gumucio y yo dormimos durante los peores bombardeos contra las posiciones de Siria y sus aliados —gentileza, por cierto, del ahora prosirio general Aoun—, y un poco más abajo tiene su puesto de siempre el vendedor de *manouche,* ese pan árabe con tomillo y aceite que comprábamos para desayunar antes de salir a contar los muertos del último bombardeo.

Nunca me fui. Jamás abandoné este lugar ni con los sentidos ni con la memoria. Es justo que ahora lo ocupe físicamente. Me encuentro entre los que esperamos. Haya o no esperanza.

He pasado la noche escuchando los ruidos de la casa. El quejido de la nevera, los portazos tardíos de los vecinos. Acecho, temo sonidos menos tranquilizadores, ráfagas de premonición que caerán en la ciudad como la lluvia violenta de los pasados días, deshilvanándola.

Al amanecer he abierto el balcón. Beirut seguía ahí fuera.

Hamra, Beirut, noviembre de 2006.